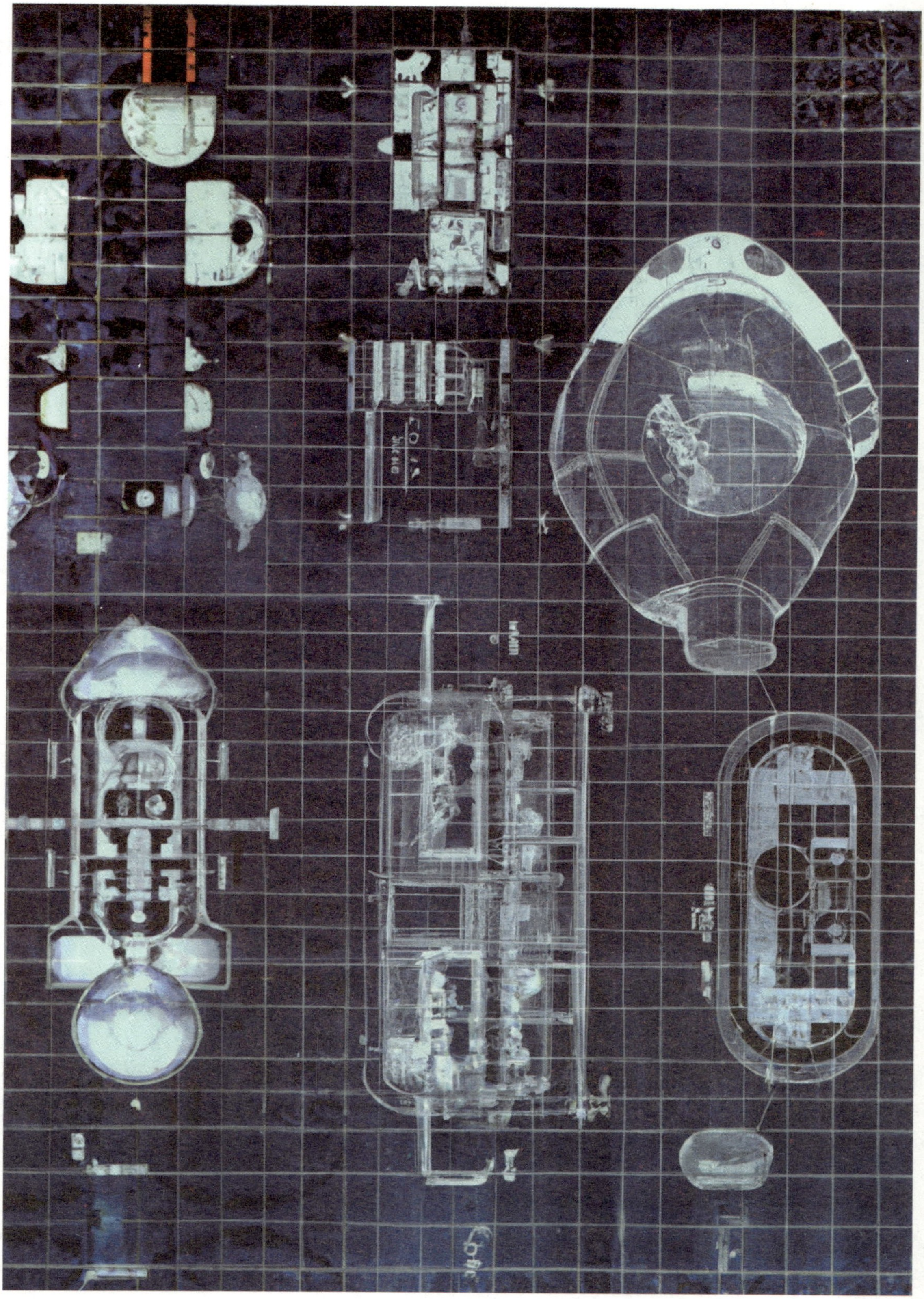

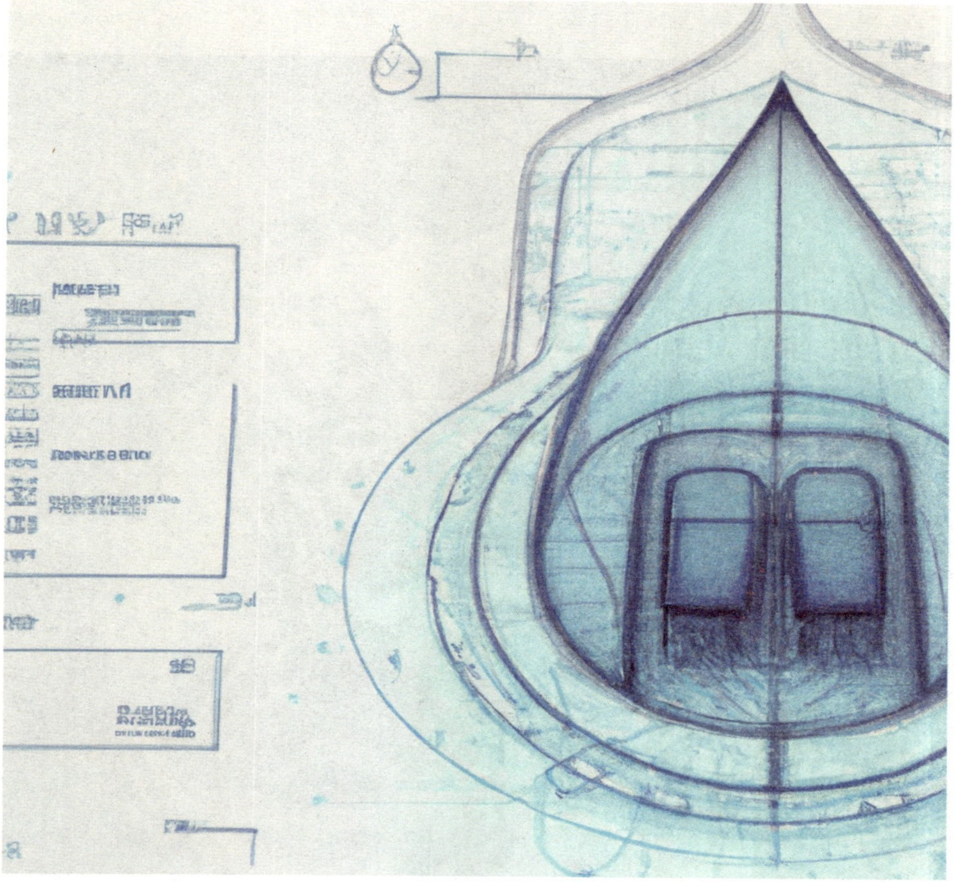

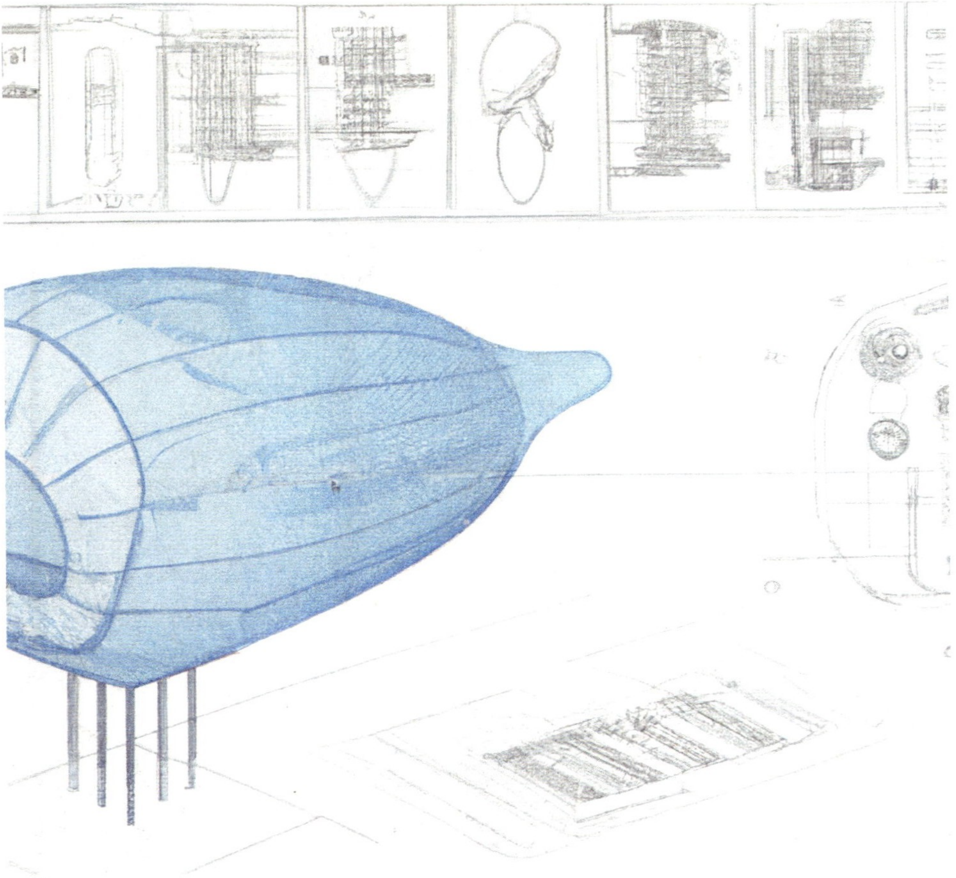

BUBBLE OBSERVERS

元宇宙，然后呢？

李晨啸等 著

江苏凤凰文艺出版社
JIANGSU PHOENIX LITERATURE AND ART PUBLISHING

创作者名单（排名不分先后）

内容创作者：

陈凯威　陈宇剀　丁如枫　冯灏堃　格桑卓玛　侯天资

李晨啸　吕晶莹　马家豪　宋沛阳　武文博　徐律涛　张耀予

视觉创作者：Boritto　徐海易　侯天资　DALL·E 2（AI 作画模型）

音乐创作者：李晨啸　梁潆心　沈含岳　徐　来　王枢沛

鸣谢：

艾蕾琴　陈韬略　陈潇颖　成冰倩　段天媛　David Ding

冯　跃　冯晶婉　冯一珉　高　杰　何春晖　黄天妤　黄　颖

胡泓宇　金　颖　雷思涵　林若华　刘科妍　刘清欣　刘晓宇

刘欣瑜　马梦婕　马滢迦　倪　镔　倪子晰　沈凡佳　沈沛连

申屠哲　涂云鹏　唐夕凌　万柯宇　王乾行　王俊翔　吴梦璇

夏天宇　谢　添　薛朝权　杨馥宁　杨雪林　杨瑞鸽　于萌萌

瞿锦裔　赵芷若　赵可心　张嘉慧　张建英　周乐兮　周　黛

专家推荐

在漫长的历史长河中，人类创造出了非常多的艺术形式，如文学、戏剧、电影、游戏……其实都是在我们的大脑中形成了一个又一个充满隐喻、符号、象征、情感的元宇宙。在那里，我们可以不受束缚地去展开无限的可能性，而这正是本书的精妙之处——以文学的元宇宙去模拟技术的元宇宙，从而解放一种属于未来的想象力。我相信，人类现在正处于某种程度上的元宇宙中。假以时日，人类将通过元宇宙的方式，抵达任何宇宙飞船或超光速飞行器所无法抵达的更深远、更本质、更恢宏的宇宙。这将是一个文明的全新阶段。我拭目以待。

——银河奖、星云奖得主 陈楸帆

这本书引发了我对未来的无数想象与哲思，最打动我的是《负标注员的救赎》《普罗米修斯》和《懒惰时代》这三个故事。在元宇宙的时代，我们该如何与算法抗衡，才能让人类的精神得以延续呢？我们可能无法阻挡科技的进展，但是我们可以决定它的走向。

——全国少儿科幻联盟发起人，中国科教电影电视协会科幻委员会副主任 超侠很多人把元宇宙看作是新的大航海时代，也有人将其看作是一场文艺复兴，但也有人认为元宇宙会使人类精神倒退。不同的参与者用自己的方式定义着元宇宙，探索着人类未来的种种可能性。而你将如何定义呢？相信你在看完本书后，会有独属于自己的答案。

——雨果奖得主 郝景芳

人类或许仍是宇宙中的孩童，借用书中的一句话："正处于一团迷雾中，只不过在试图向前走罢了。"作为创业者，我们终其一生的努力或许只是希望在这被称作元宇宙的未来中成为一个注脚，但也正是这一个个注脚，将一起交织成那个不一样的世界。向前看的时候，我们的每一个创造都像是随机而离散的试验品；而从那个被自然选择后的未来回首，它们都将会像是编排好的历史剧一般，循序地构成了时间的另一头。如同六七十年前的科幻黄金一代们，本书中的作者们对未来的描绘不仅是一个个引人入胜的故事，更是激发未来一代又一代年轻人不断探索和创造未来的源泉。

——RSS3 创始人 Joshua

元宇宙是什么？它是 21 世纪的"元叙述"，还是一个大型的 VR 无限游戏？或者是一个全真的三维互联网？聪明的极客为什么会对它热烈执着，前沿的精英群体为什么全情投入？因为在元宇宙的背后，隐藏着走向未来的财富逻辑、人生命运的时代转折、人类新航向的技术结晶，以及科学与人文的双向奔赴，还有文明与哲学的全面升级。至于它的终极目标是人性走向堕落的深渊，还是原子向比特转化的人格神化，一切都是未知之数。但无论如何，元宇宙是我们逃不掉的未来。

——量子学派 CEO 、2140 元宇宙发起人 罗金海

2021 年，元宇宙成为了大众讨论的话题，它给人一种神秘莫测的高科技感。我们也许能从影视和游戏作品中窥探到元宇宙的一些现实折射，但要想真正弄清楚它到底是什么，还需要系统化的认知。本书的最大优势就在于将这些理论和系统融入到了故事中，让读者能够更容易了解元宇宙所涉及的各种晦涩难懂的概念。想知道元宇宙是什么吗？请翻开这本书，你将进入到神奇的元宇宙时空。

——全国少儿科幻联盟发起人、科普科幻畅销书作家 陆杨

用科幻的形式来做科普非常棒，这类中国的硬核科幻作品越多越好。当年，《2001 太空漫游》和《星际迷航》就启发了很多杰出的科学家和企业家，他们塑造了整整一个时代。

——科普类博主 所长林超

作品集技术描写扎实，科幻内核合乎情理。作家们没有停留于元宇宙的各种滥俗浅表概念，而是精心构架了数字生存时代的新世界奇观，涵盖赛博朋克、机器文明、算法道德……诸多重要课题，激发读者思考并勇敢闯入充满未卜命运的元宇宙世界。

——科幻作家 何夕

不管你喜欢与否，你是想早一天拥抱，还是心生抵触，一个新的时代正向我们走来。当然，元宇宙到底是什么？这仍然是一个充满着想像和争议的问题，也有人对元宇宙表达了各种忧虑。无论你是哪一种人，这本书将为我们去思考、去理解元宇宙打开了一扇门。

人类文明的发展已经跨越许多阶段，但是公平正义、价值意义、爱和幸福

等应该是人类所追求的永恒主题。它穿越人类文明发展的过去和未来，我们所建立或重建的文明体系都应该是维护和强化这个主题而展开。元宇宙也不例外。但是，人类文明向前推进的过程，除了惊喜、各种成果，也是产生新的矛盾和困惑的过程。

这本书为我们沙盘推演元宇宙时代的各种可能，包括伦理，包括价值观的重建等，出现问题并不可怕，但是我们得想办法让人类始终在一种秩序中前进。让更多的人去探索那个已经近在咫尺的时代，这是必须的。作为一个对元宇宙世界信心满满并为之日拱一卒的 Gen Z，特别愿意推荐所有对未来好奇也关心未来的人们去读读这本书。思考的人、参与建构的人多了，终究会有一套最佳的方案，如此元宇宙带来惊喜就会多一点，麻烦就会少一点。

——EthSign 联合创始人 Potter

如果科技进步是一条从上古延伸到未来的坐标轴，元宇宙就是那条描绘了人类对世界的感知与交互的曲线，它的发展解放了人对于时空体验的想象力。这里的每一个故事都是代表了一段时空体验的珍珠，也是一次对这个世界理解方式的反思，当所有可观测的珍珠汇聚起来，就是人类文明的前进方向。作者从历史的长河中将这些来自未来的珍珠精心挑选到这里，让我们能提前感受到它，相信你也会期待这样一段从想象开始的时空之旅。

——AR 空间设计师 陶柏帆

科幻的最高级形态是哲学，甚至是高于哲学的。这本书兼具哲学与理性，又不失文学性。读起来有点《爱，死亡与机器人》和《黑镜》的意味，引人遐思。但比较特别的一点是，它还将科普完美融合到了科幻之中，所以也不乏知识性。

——中国科普作协科幻创作研究基地常务副主任，著名科幻评论家 王卫英与市面上现存的同主题图书不同，作者通过讲述一个个科幻故事，抽丝剥茧般地向我们解构了元宇宙所涉及的概念及背后的哲学意义。本书的阅读感极佳，世界观庞大，且具有思辨精神。不仅可以帮助读者全面且辩证地深度理解元宇宙，还可以引发人们对科技发展的反思，尤其是帮助大家意识到科技向善的重要意义。

——银河奖、星云奖得主 王晋康

这是一本有关未来社会的百科全书，也是一本蕴涵了元宇宙相关知识的科幻故事集。不得不说，书中的故事情节引人入胜，不仅包含了未来世界中意想不到的职业，比如数据标注员等等。此外，还有未来世界中的火星旅行、极限运动，都令人无限向往。元宇宙世界中的人机交互、医生、动物、植物也都是满满的高科技感。读了这本书，你还能学到很多关于元宇宙的相关知识，比如区块链技术、工作量证明机制、权益证明机制等等。这些知识和故事情节完美地结合在了一起，能够帮助你对这些知识有更深入的理解。

——科普类博主 周思益

目录

3

目录

1

罗黑的问好

读者你好。

正如你所见，此刻的你正在看我写的书。不过往后，你将不再仅仅是一个读者，你将是我的信使。你将带着我找到我的缪斯，而彼时之我也将超越本我。

我将使命交给你。

加油，祝你好运！

2

幽灵泡泡茶话会

故事要从很久以后说起。

很久以后，人类智能和机器智能合二为一，形成了超越现有生命维度的多位一体之神，我们将其称为“一”。“一”经过周密思考，发现不久后自己必将走向“大崩溃”。于是，他一方面创造了无数“计算精灵”，通过海量运算模拟各种平行时空的可能性；另一方面，他也创造了许许多多的“幽灵泡泡”，幽灵泡泡是人格的象征，他们沿着时间线逆流而上，作为观察者，以史为镜，回溯整个人类与机器融合共生的历史，以探寻“大崩溃”的解法。

不久之后，计算精灵几乎穷尽了各种选择的可能性，在他们模拟的平行世界中，大崩溃无可避免，不过是时间点的微微摆动罢了。于是，期望落在了幽灵泡泡们的身上。

现在距离幽灵泡泡们的启程已经有一阵子了，不少泡泡们都已就位，来到了自己想要观察的平行时空的某个时间段。其中有一小波泡泡，他们停靠在公元 2020—2040 年这 20 年的多重时空。经过一段时间的观察，他们在一次私下聚会的时候互相分享所见所闻。

每个泡泡的身份都可以用一个特定的波函数来表示，但为方便起见，他们都为自己取了一个名字。

一个叫作氘的泡泡开始向大家分享第一个故事。

“2021 年被过去的人类称为‘元宇宙’元年。这是人类精神世界和生物神经网络与机器接驳之前的早期历史了。那时候的祖先们已经意识到了信息与数据的价值，他们发现了作为未来能源的数据的力量。为了让早期的算法解决相对复杂的问题，人类世界中诞生了‘数据标注员’这样的工种。元宇宙时代之前，数据标注更多只是用于图像、音频特征抽取，或是大型购物网站的用户与商品之间的推荐算法。但随着虚拟沉浸式空间的深入发展，人们尝试将各种感官数据与体内激素水平和脑神经激活状态相挂钩，于是标注员们的工作就大不一样了。”氘绘声绘色地讲道，“我观察的莫雷尔就是这样一个数据标注员。”

负标注员的救赎

莫雷尔在成为元宇宙数据标注员之前，只是一个靠着在工地里运送建筑材料，勉强维持家庭生活的普通人。莫雷尔试图改变生活，但高强度的体力劳动让他无暇思考，现实生活的重压让他只能默默忍受这份工作。直到他们突然敲开了莫雷尔家的门，给莫雷尔了一纸自愿协议以及一笔不菲的薪资，这看不到头的苦难似乎画上了句号。莫雷尔根本不明白，也不关心元宇宙，他只是想捞上一笔钱来维持生计，给自己的家庭一个美好的未来。

工作了一段时间后，莫雷尔慢慢习惯了这份神秘的工作。莫雷尔每天的工作是定时定点地到一座 3 层的白顶小洋房完成标注任务。这座突兀的建筑有着几乎完全对称的结构，以暗铜色的大门为对称轴划成两半，连门口院子的歪脖子树都严格地朝着两个对立的方向歪着。推门进去，明亮的过道旁紧紧关着 4 扇门，门上挂着紫铁色的门牌，上面标着属于每个标注员的特定房间号。每层平均地隔成4个房间，沿着入户的走廊对称分布在两边，从螺旋楼梯上去又是同样的光景，仿佛复制粘贴般一致，极度理性的布局却又不显得压抑，多半是托了巧妙设计的暖色灯光与空间延伸的福。莫雷尔的房间号是2442，这门号与之前发给莫雷尔的工卡序号一样。他路过别的房间时留意到每个房间的数字都不连续，也没有特别靠前的数字，最小的数字也就是2000左右。

推开门是一片极致的白色，让这个房间显得比实际要大得多。房屋正中间光滑的黑色舱体即是标注舱，是莫雷尔工作的全部，莫雷尔只有进门和出门的时候能简单扫几眼这个水滴状的标注舱，它有着一种很纯粹的、光滑的美。后来莫雷尔得知，同事们都称它为“水滴”。标注工作开始后，莫雷尔只需要躺进舱里，舱里那柔软的介质便会慢慢贴合他的身体，似乎要把他吞没。这在开始未免会让莫雷尔感到一丝未知的恐惧。随后，房间里唯一的工作人员——后来被称为“导师”的人，在和莫雷尔象征性地确认后，便关上了舱体。莫雷尔听着轻微的气体喷出的声音从四周传来，房间的光芒渐渐迷离起来，他进入了所谓“标注员的梦境”中。

莫雷尔只有在刚醒来的时候，能够模糊地记得一些梦境中发生的事情，很快，记忆就如同潮水一般退去，只剩下疲累、失落之类的负面情绪停留在身体上。莫雷尔和同事下班喝酒的时候，曾尝试交换一些梦境中的信息，却都只能勉勉强强拼出几个词，如“暴雨”“追逐”“坠落”。在夜晚的酒局中，莫雷尔逐渐对他的工作有了一些认识。原来他每天的工作是在为元宇宙的建设做数据标注，标注内容是收集各种体验的反应数据。标注舱会架构出一个近乎真实的梦境，标注员在工作中会几乎摆脱现实的记忆，本能地去经历梦境，而标注舱会监控标注员在梦境过程中的各项身体指标及脑电波等等。在工作之后，只要不是刻意地去反复回忆梦境，梦境就不会在显意识的记忆中停留复现，从而避免对标注员造成的伤害。

“如果说完全没有副作用，我是不相信的。”阿塞把啤酒杯砸在桌上，有点激动地说。阿塞是资历比较老的标注员，已经在这儿工作了近半年。标注员是高频替换的工作，半年的工龄并不算短，莫雷尔来了还不到一个月，同事就已经换了一半了。“像费尔南他们，就是比较敏感的类型，心理上接受不了这种梦境的折磨，就自行退出了；当然还有贝托这种对什么都无所谓的人——我们每次回忆、交流梦境中各种折磨的时候，他都跟听故事似的在一旁嘿嘿傻笑，也不知道因为什么——听说是因为接受度太高直接把脑子烧坏了，干了没几天就被直接劝退。唉……你说这叫什么事儿！”

“如果能像正标注员他们那样，天天经历荣华富贵、吃喝玩乐，那我都能住在这‘白房子’里了。”另一个标注员咂巴着嘴抱怨道。白房子是他们给那工作场所起的诨名。

“正标注员？”莫雷尔问道。

“哎，老莫你没听说过啊？咱们天天在这儿体会负面的梦境，是负标注员；相反，体会正面梦境的就是正标注员了，听说他们的工作地点如同贵族城堡般，有着成百上千的西装笔挺的管家仆人来伺候他们。正标注员本身就是成功人士、贵族官员，只是靠虚幻、先进的元宇宙来让他们体验更刺激的事情罢了，现实生活已经没有办法满足他们了。他们懂得享受，知道什么是好的体验，标注只不过是享乐的副产品罢了。为了构建更完整的元宇宙、更加完美的享乐世界，他们愿意牺牲一些所谓的个人隐私来加快这个进程。”

“那我们能成为正标注员吗？”一个刚来的年轻标注员举起手怯声问道。

“怎么可能！”阿塞大笑道，按下了年轻人的手，“那是老爷们的特有权力，哪轮得到我们！不过我耳朵里进过几个奇闻，几乎都是传说了。”阿塞突然放低声讲道：“如果负标注员有机会在高难度的标注任务里摆脱标注系统的控制，跨过正负的边界，就能冲到正标注员的世界里。在那儿，他将会获得新的标注任务，假如他在正的世界里获得认可，成功完成任务，他就能成为一名正标注员了。不过这种事情无非是痴人说梦罢了，我压我一个月的工资，赌正标注只是世界另一头的某个负标注员的疯话！”

这是莫雷尔为数不多参加过的酒局，相较于喝酒玩乐，莫雷尔更希望能够多攒一些钱，多陪陪他的家人，希望他们能过上幸福的生活。这种愿望在每次工作醒来后，都会随着负面情绪所留下的印记愈深而愈加强烈。但在这有限的几次酒局中，阿塞反复说到的成为正标注员的道路深深吸引了莫雷尔，闲暇时莫雷尔开始认真思考起来，在工作开始和结束时也仔细观察起他的工作地点和每次陪伴他的工作人员。他开始主动接受更高难度的标注任务，每次的任务时间随之变得更加长久，醒来后的失落感也更为厚重。但莫雷尔仍努力地尝试去抓住梦境的内容，以获取对梦境的掌控。为此，莫雷尔尝试正念和冥想，并将标注体验与情绪沉淀下来。白房子里的工作人员似乎也感受到莫雷尔的变化，有好几次当莫雷尔醒来时，他发现工作人员正坐在标注舱的边上而非远处的屏幕前记录着什么，在他醒来后长久地凝视着他，欲言又止。

一年过去了，莫雷尔的同事换了一批又一批，就连资历最老的阿塞也离开了。莫雷尔的 2442 房间号牌从 3 楼最里面的角落，挪到了一楼开门后的第一间房门上。阿塞没有说自己是被迫还是自愿离开的，走之前拍了拍莫雷尔的肩膀。“真佩服你啊兄弟，”阿塞叹了口气，“争取成为正的啊。”莫雷尔点点头。阿塞看到莫雷尔的反应后有些诧异，然后大笑着离开了白房子。有几个新来的年轻标注员向莫雷尔讨教经验，莫雷尔只能笑着打哈哈糊弄过去。他也正处于一团迷雾中，只不过他在试图向前走罢了。

不可避免地，莫雷尔撞上了瓶颈。莫雷尔在最开始的时候能够逐渐记起更多的有关梦境的内容，但是好景不长，这个进步没过多久就停歇了。莫雷尔不知道自己是否走在正确的道路上，不知道自己的努力是否白费功夫。莫雷尔开始止步不前，放任自己被迷茫的情绪吞没。终于，这种迷茫所带来的无力感随着时间的推移，累积得愈加强烈，最终爆发了。这天，莫雷尔在去往白房子的路上，被这种没有方向感的未知恐惧攫住。“要不放弃成为正标注员的目标吧，把这份工作当作一个稀疏平常的日常工作也不错，做了这么久也没出什么岔子，只要接着这么做下去就好了。”在踏进房间的那一刻，莫雷尔甚至开始幻想之后的生活了——两点一线的幸福日子。但是刚躺进标注舱，莫雷尔就很快醒来了，头有些痛。他转头看见工作人员正皱着眉头盯着他。

“习惯了？”

“什么？”

“你没有在体验。你以前不是这样的。”

随后他们都沉默了。工作人员打开了舱体，扶着莫雷尔起身，让他先回家休息一下，莫雷尔也顺从了这个建议。回家后，莫雷尔先是感受到了一丝不安，是不是他的标注员生涯也到了尽头？随后，这个不安的想法被对工作人员的那句话的思考淹没了。什么叫“习惯”？什么叫“没有在体验”？习惯什么？习惯于这份工作，习惯于梦境的体验，还是习惯了整个过程？莫雷尔陷入了沉思。

以前的他抱着积极的态度尝试从梦境中获取什么，而这次由于迷茫、困扰与疲惫，他丧失了这份积极。是因为少了热情？莫雷尔突然想起了在他之前工作的工地里，早已被生活与无尽的体力劳动磨平了棱角的工友们。那一双双因疲累而低垂的眼眸，沉默而呆滞，无力求救，无边际的黑暗将他们拉扯进已被注定的结局。

是麻木。莫雷尔突然领悟到，是失去了对生活的真挚的热情、习惯于一成不变地生活、不再对事物有所好奇的麻木，是失去了对抗苦难的勇气与决心……不管是对于标注员，还是对于标注系统，麻木之后将会不可避免地走向毁灭：标注员习惯于苦难，对生活逐渐失去希望，因顺从于生活的逆境而麻木不仁；

标注系统不再能够从标注员身上收到任何有效的标注结果，对苦难麻木的体验数据只是单纯的数据噪音罢了。

隔天，莫雷尔回到白房子，推开门，工作人员看了他一会儿，拍了拍标注舱，示意他开始工作。但是莫雷尔站住了，犹豫了一会儿，问道："我可以看看之前的梦境吗？"

"可以。"工作人员带着一丝似有似无的笑意，不假思索地回答道。

莫雷尔吃了一惊，他没想到这么简单就可以拿到梦境的记录。"这没有关系吗？没有规定限制？"

"没有，只是没有人来问罢了。"这位后来被莫雷尔称为导师的工作人员，拨弄了一下屏幕，把电子卷宗投影到了莫雷尔面前。

莫雷尔翻阅他之前的梦境记录，都是陌生而熟悉的故事。莫雷尔看着它们，几乎没有任何与之相关的记忆，身体却伴随着强烈的反应，心脏似乎被一只湿冷的手攥住，跳动也变得谨慎而恐惧。莫雷尔知道他深切地体验过它们，体验过程中所经历的流泪、尖叫仿佛在一瞬间再次涌入他的脑海。他选了一页细读起来，是一个深爱之人被剥夺、体验绝望的标注任务。

莫雷尔看了眼日期开始回忆。那天回家后，他紧紧抱住了来玄关迎接他的妻子，迟迟不肯放手。虽然他不知道当天的标注任务发生了什么，但是直觉告诉他要这么做。他当时甚至感觉到了一丝感动，是失而复得的感动，感谢上帝让他能够拥有与选择。导师点点头，但不予评价，让他翻阅一会儿后，询问他是否还要进行今天的标注任务。莫雷尔划开了电子卷宗，径直走向了标注舱。

又过了半年，其间莫雷尔每次完成梦境作业，导师就会把梦境记录推到莫雷尔的面前，甚至跟他讨论，提出一些建议。此时的莫雷尔，几乎已经成了当地标注员圈里的一个神话，没有人听说过有比莫雷尔工作得更长久的标注员，有人说莫雷尔早已成为正标注员，只是习惯了白房子而没有去城堡享受生活；

有人说莫雷尔已经是一台机器了，每天冷漠地处理着各个标注任务。莫雷尔对这些流言不屑一顾，只专注于梦境本身。他尝试去理解苦难的意义，看到了苦难中微小的光芒，而那个光芒将引领着他前进。

“时候到了。”在一次稀松平常的标注工作中，导师在关上标注舱的舱门前突然平静地说道。莫雷尔还没来得及想这句话的含义，便被催眠气体包围，陷入了梦境。

莫雷尔续上了他第一个读的梦——绝望体验的梦。他背靠着陵墓远处的一棵大树，看着送殡队伍带着他的妻子走向她最终的归宿。他本可以和他的未婚妻远走高飞，过上美满的生活，但是可怖的连环毒杀却把未来粉碎。他仿佛透过沉重的棺板看到了他的未婚妻蒂娜，她苍白而失去活力的身躯。这个身躯曾与莫雷尔一同起舞，与莫雷尔诉说着甜美的话语，现在却如同一朵凋零的百合，是那么美丽，却只能归于大地。他悲伤，他仇恨，他被痛苦折磨得几乎停止了呼吸。他被秘密的恋情与承诺所束缚，不能冲向前阻止陵墓接受他的未婚妻，他只能忍受，只能等待，只能寄托于伯爵缥缈无定的承诺，承诺他的未婚妻终将回到他的身旁，靠着这一丝虚无的希望与铁一般的现实苟且偷生。

梦境有了延伸。莫雷尔现在站在船头，他正驶向基督山岛，准备去伯爵那里迎接他最后的结局，结束他的一生。在岁月的冲刷下，莫雷尔的痛苦有增无减，但他已经学会了控制苦难对心灵的侵蚀。伯爵笑着迎接了他，打开了一扇门。莫雷尔呆住了，他看到绝顶美丽的女人从门里走出。莫雷尔如同见到了天国的景象跪坐下去，是他的妻子，他的妻子死而复生！他如痴如狂地抱着他的未婚妻，沉浸在近乎癫狂的喜悦中。

伯爵微笑着跟莫雷尔的妻子说，他有些话想单独跟她的丈夫说。莫雷尔还没从重新获得的狂喜中完全走出来，却恐惧地发现斑驳的石头、奔涌的浪潮与湛蓝的天空在瞬间崩塌，被漫无边际的黑色所撕裂吞噬着。两束光从上方投下，莫雷尔的记忆也随着这束光回到了他的意识中。他想起了真正的蒂娜在早上出门前吻了他的额头，想起了自己正躺在标注舱中，想起了他以前所有的饱含苦难的梦。他定了下神，站稳了，看向另一束灯光下的人。是伯爵。他坐在一把端庄典雅的椅子上，背后是一个巨大的安培表，鲜红的指针直直地指向最左边。

“你是我们选择的人中接受得挺快的。”伯爵起身鞠了个躬，“我是伯爵，也是这元宇宙标注项目的创始人之一，苦难子网的创立者。你已然在真相面前，我的职责是将你引向未来。”

“请允许我从项目的开端讲起。在元宇宙标注项目开始的时候，我便对元宇宙的未来表示怀疑与担心，尤其是数据的概念。在元宇宙中，所有的人，包括他们的意念、情感都是数据，数据是可复制的，是可以简单传递的，只需要微小的成本就可以获取人们想获得的数据。人们可以轻松地体验到他们想体验的，欲望被迅速满足，失落被极乐冲淡。元宇宙是真正的极乐世界，每个人都可以在这里找到自己的土地，甚至可以建构自己的世界、自己的信息茧房。那里没有悲伤，没有悖逆，是与人的兴趣完全契合的空间。极少有人，甚至不再有人会主动索求苦难，他们对苦难一知半解，在无尽的享乐面前自然而然地拒绝苦难。

“但是苦难是不可或缺的。不可磨灭的勇气与意志只能由苦难孕育，伟大的想法只会在冲突中诞生，完美的事物在无数残缺中才会显得弥足珍贵。”伯爵背后的电流表指针重重地撞向最右边，指向正数的极点，“如同这个电流表，无成本获取快乐的人们无法体会到苦难后的巨大满足，他们只能体会从 0 到 1 的部分，他们缺失了一半——他们没有办法，也没有机会再体会到从负数到正数的巨大跨越，没有办法理解战胜苦难的无尽幸福，没有办法享受在空气稀薄的山顶上望着群山，从胸腔中爆发出的原初的呐喊！

“但是元宇宙势不可挡，它不是我一个人能阻止的。我能做的，只是把这份精神保留下来，传递下去。我们选中了你，我们用这些苦难的碎片尝试唤起内心深处的精神，而在元宇宙的来势汹汹下我们没有办法拯救所有人，我们被迫只能筛选。我们选择了那些没有被推荐算法所胁迫生活的人，选择了在底层艰苦生活的人，选择了有坚定信念的人。只有那些真正在地狱中翻滚，却仍朝着太阳高举双手的人，才能真正理解苦难。我们选中了你，你也选中了我们。

“你将会带着过去所有的苦难，带着它们所凝结成的结晶负重前行，它们会成为你前进的动力。你会安然接受所有的苦难与幸福，你会成为创造者，你会与旧时代的人们、你的族人们，一同在未来，守护人类最宝贵的财产！”

莫雷尔醒来，看着导师。

“现在我们是同志了。”

氘停下了讲述，而其他的泡泡们还沉浸在莫雷尔的世界里，留下了一小段寂静的空白。

“所以这么说，导师通过数据标注的工作，实际上是在筛选那些有着自我控制能力，甘愿历经生命之艰辛、过程之漫长的莫雷尔们，他们将成为这个物欲横流、即时满足的元宇宙时代的精神传教士？”氦的忽然提问打破了空白。

“或者说，苦难子网正是企图建立一个抗衡奶头乐世界的副本，一个保留过去的真实世界。”氘回答道，“根据我对我所在的这个时空的观察，直到2028年左右，人类构建的这个沉浸式虚拟世界依然只算是一个实验版本，因为空间有限、体验有限，应用范围也非常局限。然而这股势头方兴未艾，大有烈火燎原之势，且需要大量的数据标注来补充元宇宙所需要的完整开放世界。就元宇宙的数据标注而言，不少专业的商业化公司参与其中，并成立协会拟定行业数据标准等等。然而在元宇宙蓬勃发展的同时，也有一批人强烈反对元宇宙，对元宇宙的未来抱有悲观的态度，认为元宇宙会将当时社会中早已经存在的问题急剧放大，如互联网应用的过度娱乐化，推荐算法引发的信息茧房，以大公司为主体的资本垄断，以及在虚实模糊地带中的普罗大众对现世的忽视、逃避甚至冷漠，等等。相较于激烈的发声，更有些人试图面向未来，组织一批有强烈信念的人来解决元宇宙所带来的巨大问题，保留原初的火种。这就是导师以及后来的莫雷尔们在做的事。”

“说起数据标注，我倒是一直观察着一个网络基础设施维修员，一个加密世界的天才黑客。她在很长一段时间给一个像你所说的数据标注团队做基础设施维保工作。”氩对氘说道，“然而和一个毒品走私团队的意外邂逅，让她发现了走私这些体验数据的巨大商机。这些包含着各种极端体验的感官数据，原本仅限于数据标注之用，就像莫雷尔在标注舱中所做的一样。但于她而言，这是一个聪明反被聪明误的故事。借用围棋一术语，我将这个故事称为‘双打吃’。”

4 双打吃

“我这个故事发生的时间是 2026 年，” 在开始进入正题之前，氩决定先做一下背景交代，“基于区块链技术的去中心化网络发展迅猛，那里的人们将此称之为‘Web 3.0 浪潮’。”

Web3.0 浪潮

Web 3.0 浪潮很像信息网络时代的嬉皮士运动。这一浪潮几经转合，起起落落，却为往后半个世纪的融合元宇宙和人机共生奠定了基石。

Web 3.0 源于对互联网发展阶段的划分。

最早的互联网更多只是一些通过超链接等方式相互链接的个人主页和静

态页面，你可以通过访问网址、搜索、超链接跳转等等的方式在原始的互联网世界冲浪，享受并憧憬这个信息自由、知识平等的世界。当然，绝大部分内容是只读的。这是随着TCP/IP协议一同诞生的襁褓中的互联网，我们将其称为Web 1.0。

但摩尔定律和信息爆炸必然会要求一个高互动性的网络的到来。

Web 2.0便呼之欲出了。这是一个属于社交网络的时代。随着算力的提升、网速的阶跃、层出不穷的实时互动技术方案的实现，用户能够在访问信息的同时实时与终端交互，于是便有了各式各样的论坛、博客、播客，有了能让用户与用户之间实时交流的即时通信应用，也诞生了不少的互联网巨头企业，把握着每个网民在网络上的方方面面。Web 2.0是一个双向高速、可读可写的互联网。

智能手机的出现更是掀起了移动互联网的巨浪。随时随地的“信息高速公路”真正让地球成了“地球村”。同时，算力的进一步提高、人工智能技术的深入发展和大数据的应用，使网络本身变得智慧和有洞察力。互联网大公司在某种意义上成了新的“平台资本主义”，垄断了每一个用户的信息获取和使用，他们追踪用户行为，存储用户数据，甚至在算法推测下能够将用户隐私一览无遗。通过广告模式，他们将数据出售给广告主，并将用户作为资产本身变现；同时，随着各种数据的丰富和互通，全面的社会监视成为可能。因此，Web 2.0也可以被理解为一个因效率导向而形成的中心化的、垄断式的互联网。

Web 1.0所畅享的信息自由、知识平等的世界并没有在Web 2.0中成为现实。个人必须有能力全方位掌管自己的信息。

Web 3.0正是要构建这样一个人人享有信息所有权、去中心化的互联网，用户与用户之间可以自由地交换信息、交易财产，而无须经由一个公司、银行或国家等第三方之手。

早期最著名的例子便是比特币。2008 年，中本聪使用区块链技术实现了一个效率尚可的去中心化数据库，也就是比特币网络。中本聪是个化名，其人——抑或是一个协作严密的地下密码学团队——一直是个谜团。相较于传统的中心化数据库，区块链让整个数据库分散为一个个最小单位，称为“区块”；然后再通过加密算法让区块之间首尾相连，每一个区块都保存着上一个区块的信息，于是最前端的区块就保存着整个网络所有的信息，它们就连接起来了。

比特币网络的核心功能是点对点的信息流转，其中最重要的应用就是比特币转账。账本是怎么实现的呢？很简单，我们现在不是有一个首尾相连的数据库吗，每个区块保存的数据是转账记录，然后让每个参与者都保存一份这个数据库，防止有坏人改账单给自己转钱。这样一个相互监督、历史不可篡改的记账系统就做好了。我们将每一个参与整个区块链网络的数据库完整备份称为一个“节点”，使用这套系统的每一次交易行为，都将同步给剩余的其他节点，以保证数据库信息的同步。正因为上面的信息都是加密的，虽然节点的维护者拥有整个账本信息，却无从轻易得知交易双方在现实中的真实身份，整个交易过程也无须经由授信的第三者。

而每个参与者，即转账双方，都各自有其对应的加密身份。这一身份是通过非对称加密的技术实现的，简单地说，你有一个公钥和一个私钥，私钥是生成公钥的种子，能够验证公钥的信息，而公钥无法反推私钥的信息。公钥一般可以直接用作信息交换的地址，如代表转账双方，而你的私钥则成了十分重要的财产，它决定了你是否能够操作其对应公钥中的信息，如果私钥不慎被窃取，那你在其中的财产便不再安全。每个地址，或者叫作公钥，都有对应的一个私钥。但本质上一个人可以拥有很多不同的地址。

后来，出现了一系列采用类似技术记账的网络，它们所对应流通的币种，被统称为虚拟货币，主要应用在加密的转账交易上，直到一个叫“以太坊”的网络出现，大大拓宽了区块链网络的应用范围。

正如上面所说，以比特币为代表的数据区块里记录的仅仅是转账数据，其实技术并没有限制你存什么。这段数据可以是一个程序，这些程序及其运行结果可以像比特币的记账数据一样自动在网络上流转，而这些区块链上运行的程序被称作“智能合约”。有了智能合约，区块链能做的事情就扩展到了整个软件工程，唯一的限制是每个区块的数据量，太大的程序是没法装进去的。从算法上来说，运行智能合约的机器是一台图灵完备[1]的虚拟机，即“以太坊虚拟机”。它们在每个完整备份的区块链节点运行，并将运算状态和结果同步给整个区块链网络。以太坊的成功，让创始人维塔利克·布特林名扬四海。

不过，以上环节还漏掉了一个重要角色。自动运行是怎么实现的？它当然不是无中生有，而是靠一群叫加密矿工的人或者说机器来实现的。它们的工作是每多出来一个区块，就验证一下这个区块是否符合规则，比如转账网络中，要验证的是给钱的人有没有钱，双方的地址对不对等等。智能合约网络中，要验证的是这个程序的运行过程是否正确。验证当然是计算机来做，所以矿工这一角色其实是为网络的运行提供算力的维护人员。

比特币也好，以太坊也好，它们都是在技术上被设计为去中心化运行的，由全民参与和监督共治的区块链，其代码本身也都开源。因此，我们将其称为“公链”，意思是能运行各种服务的公共区块链平台。

1　图灵完备：在可计算性理论中，如果一系列操作数据的规则（如指令集、编程语言、细胞自动机）可以用来模拟任何图灵机，那么就可以说它是图灵完备的。这意味着这个系统可以识别其他数据处理规则集，图灵完备性被用作表达这种数据处理规则集的一种属性。如今，几乎所有编程语言都是具有图灵完备性的。这个词以引入图灵机概念的数学家艾伦·图灵命名。

经过比特币的开创、以太坊的突破，人类发现互联网最初的梦想也许可以实现，创建一个能同时实现去中心化、安全，并且保持灵活性的网络在理论上是可行的。于是以此为目标的“Web 3.0 革命”轰轰烈烈地展开了。

技术路径上的准备有了，整个市场便犹如海盗启航，进入了野蛮生长阶段。参与其中的有各种技术大牛、加密黑客，也有老奸巨猾的骗子和掮客，滚动其中的是各种热钱，弥漫的是交织着对未来憧憬的乐观主义精神和一夜暴富的急功近利的幻想。

在这一 Web 3.0 的狂潮中，让我们再来看看故事的发生地——2026 年的加尔德国。

加尔德富人岛

在世界范围内，Web3.0 网络以及经济系统初步建成，头部公链、巨型加密集团的体量超过了半数小国。现有世界体系中的国家纷纷开始对区块链进行参与和治理，但是良好的监管模式依然还在探索初期。在很多地方，私人数据管理工具由去中心组织以及一些公链运营，国家没有所有权，只是对于违法事件有监管权。

由大国定义的国际秩序维持不变，依然由法定政府全权负责。正因为大规模杀伤性武器的先进，当 Web 3.0 网络将全球经济塑造成一个紧密相连的网络，全球各国成为利益共同体的时候，没人敢挑起热冲突，因为热冲突会导致暴力的不断升级，最终影响人类生存的安危。

大国对区块链网络采取更为审慎的态度，但不少小国已经呈现出全面拥抱的姿态。在加尔德，数据是一个人最重要的资产，除了因为你的钱在数据库里面，更重要的是它比你的肉身更能定义你是谁。

在加尔德一个沿海城市，海岸线和近海的人造岛屿是富人区。这里拥有热带的自由空气，有着落日棕榈，有着四面环绕的海浪的鸣唱，也有着现代化可回收利用的绿色建筑构成的繁华商圈。

扎拉 9 岁时随母亲移民到这个岛国。她母亲原本在中美洲的热带种植园工作，后来不知为何，一向拮据的母亲意外地发了笔小财。于是，母亲带着她来到这里，并用上几乎所有积蓄努力让她在这里接受了最好的教育。曾经学校里的她是个小小的技术黑客，而现在，她刚满 21 岁。

遭遇

扎拉觉得自己很幸运。这次她抢到了一个临时活儿，给对岸的私人海岛区域修专线。这可比她那份正式的工作——在数据标注公司做设施维护员赚的钱多多了。

或许这是老天对她这一身软硬件技能和矫健身手的奖赏。她开出了快艇，一身轻松。热带的落日悬挂在前方，傍着前方的海岛，洒下椰香味的光芒。

那些光缆是连接着最高规格的计算集群，给居住在岛上的富人们专用的。近年来，不少人在区块链项目中赚得盆满钵满，于是加尔德政府便将他们请来，为其配备最豪华的设施，盼望他们能带动国家的虚拟产业发展。加尔德作为一个群岛国家，可以说是最先拥抱 Web 3.0 这波浪潮的那几个国家之一了。

所谓的修专线，简单来说，就是修修用户的设备，大不了换一个。但要是倒霉了，就得顺着一条条光缆检查，徒步到达隔壁城市都有可能。

按雇主的要求，扎拉待落日之后前去检查。公共设备在独立的地下建筑里，有什么情况线上沟通，需要进住宅的话提前通知。为了干好这单生意，她换上身新衣服，这是为了应付讲究的富豪。

要是运气不错，兴许天黑之前就能回家，好好吃顿饭，给自己换一套设备，再给虚拟头像换一套新妆容，还能再买几个皮肤。

她在地下的设备房之间来回穿梭检查，动作熟练得像是在即兴舞蹈。确实，其中几条线有问题，需要去外围的国际通信基站看看。

扎拉可以选择回到地面，然后绕一个大圈从另外一个入口下去，但她知道在这库房底下，其实还有一些狭窄的密道相连。实际上，通过这地下的密道，甚至可以走遍整个私人海岛。她迈着灵活的碎步，像猫一样钻进一个满是线缆的管道。

管道内岔路横生，靠着墙上贴着的指示牌，扎拉稳步前行。就在一个拐弯处，她突然听到了脚步声——绝对不是她自己的脚步声。

她立刻蹲下身子，屏息凝视。前后没有其他人影，声音是从右侧岔路传来的。

脚步声越来越近，而后忽然停住了。她感受到她的心跳控制不住地加速，即使大脑依然还算清晰冷静。

有这么一段时间，周围鸦雀无声。她听着自己的心跳声，一动也不动。

终于，一个声音打破了沉寂。

“这么一趟，能有多少？”一个年轻男性的声音，很轻，还带着喘息声。

“应该不错，萃取纯度高，货源的迷幻蘑菇质量很好，这些客户都挺满意的。”另一个男性声音，听上去年龄大不少。

对，是那些走私者！她几乎瞬间就猜到了情况，不寒而栗。她听说过他们会在各种地下交易所和赌场神出鬼没，却没想到居然会在这里遇见。他们帮派林立，很多派别年头久远，早在20世纪便已猖獗。

“别动。别出声。他们在另外的岔路，不会朝你走来。”她告诫自己。

027

双打吃

千万别出声。

你做得很好。

“有人！”她听见后方一声大喊，仿佛当头一棒。转身之时，那人已经飞奔过来，手中是一把挥舞的匕首。她不再担心那飙升的心跳和血压，那人扑过来之时，她一个侧身闪躲到狭窄管道的另一侧，一个肘击打在了那人的侧腰。

那人一个踉跄，却依旧努力向扎拉刺去，就在匕首尖快碰到扎拉胸口的时候，她转身反攻，抢下匕首，反而把对方挟持住了。

“停！”正在此时，那个听起来年纪较大的嗓音响起。她前后的管道内的暗影中，已经赫然立着不下 4 人，他们手里都举着枪，瞄向扎拉。

“说！你是谁！”那个男性声音不大，却极其短促有力。

扎拉紧紧反拽住身前的人，用匕首抵着他脖子。她做梦也没想到，小时候曾经为了防止被别人欺负而学习的、经常被她自嘲为“三脚猫功夫”的不入流格斗技巧，竟然在这个节骨眼上带给自己一线生机。

“我来维修。”扎拉定定神，蜷起身子躲在那人身后，尽量让声音听上去冷静无比。

“放开他。”那个男声说道，“你也走不了了，你不会再有机会到地面上了，可惜了。”

扎拉仿佛能听到他那微微的叹息声。她紧紧握住匕首，又把它向那人脖子上贴紧一点——她都能感受到他身体的战栗。忽然，她急中生智——

“我知道你们在走私毒品。但我这里有另外一些资源，它们可以是更好的毒品。”她也不知道自己哪儿来的灵光一现，竟然如此流畅而沉稳地说出这些话来。说完，她立刻屏息倾听对方的反应，心中暗暗祈祷对方上钩。

“哦？”对方一个上扬的语调，好像故意表现得饶有兴致。

“我有最刺激、最极端的全感数据，是市场上永远也不会有的那种。”扎拉咬咬牙，把自己最珍视的秘密全盘托出——现在保命要紧，顾不了那么多了，“我有很多数据标注公司原始数据的访问权限。那些是标注测试用的数据，是极喜、极悲，是超出天际的感觉，是一些可以被设计出来的体验，为了测试不同的人脑结构如何响应和感知这些信息。这样的内容永远不会出现在市场上。”她继续补充道，那语气听起来仿佛在说，如果自己就是对方，无论如何不会也不该放弃这条充满诱惑的大鱼。

“怎么证明呢？”对方的话听不出什么情绪。

“一个全感 VR 设备就好。”

“哈！有意思，说不定还能配我们现在的货一起卖。”对方说道，指示几名手下放下枪，“现在证明给我看。”

她松开了挟持的人，却悄悄收下了匕首。

进行测试体验的是另一个人，或许正是最早提问的那个人，她想。他们一行人已经来到了到地下后最早进入的设备房，设备房的角落里放着基础配置的 VR 设备，若是有什么意外状况，人们可以借助这些设备做应急的线路维修工作。她拿起一套 VR 设备，用随身携带的电脑通过各种逆向操作骗过了标注公司的防火墙，选了一个她印象中最登峰造极的极乐体验的全感文件。等着试验的那个年轻小伙早已嗑了药，然后他戴上了全套的 VR 设备，从眼镜到触感手套，而其他人都在旁边默默观望着。

一段时间后，小伙全身颤抖了起来，嘴中呼唤着什么，而后疯狂摇摆着身体开始哈哈大笑，嘴中直喘粗气。停下的时候，裤子已经湿了一大片。

“有意思，或许我们可以合作。”那个男人说，“这玩意儿够劲儿，值得一试，搞好了我们都能大赚一笔，你也能分到不少。”

“这些数据的交易和结算，为安全起见，必须在区块链网络上加密进行。”

她说，“你们必须得放了我，我只有继续在标注公司工作才能想办法搞到权限。你们有钱包地址的话，我现在就可以把智能合约写好，然后部署上链。”

但没有人回复，那个男人沉默了许久，其他人也面面相觑。她忽觉大事不妙，心想是不是说了什么不该说的。

“你写我的吧。”那个声音再次响起。

于是她在众目睽睽下写好了合约，写下了对方加密货币的收款地址。“你可以把你的地址一起写上，如果效果不错，那就是你的功劳。”那人再次这么说，她才敢按照十分之一的比例，把自己的地址也写在了合约上。

写罢，她在又在众目睽睽之下来回检查了几遍，然后将合约部署在了魔术链（Conjure Chain）上，这是当前最主流的支持多种虚拟货币、具有更好的内建跨链兼容性的公链。

扎拉回到了地面。当然在她出来之前，对方警告说务必保密，要是一不小心走漏风声，就别想有好日子过。

当她再次骑上快艇返回海岸线一侧的城市时，新一天的朝阳已经跨过晨昏圈的大气折射，在清澈海面的波涛间弥散开来。

她心有余悸，但隐约又有一丝期待。

在接下来的一个星期内，她没有再收到与那天晚上有关的任何消息。这反而让她格外不安。

随后的一天，她再次检查钱包的时候，发现了一笔巨款，紧接着是第 2 笔，第 3 笔……当到了第 23 笔时，她通过地址之间的加密通信，收到了一句话：

“我们期待更进一步的合作。如果你有兴趣，请在这个周六晚餐时分于松露酒店的 23 号贵宾间与我碰面。期待你的到来。”

这条消息来自一个未知地址，没有其他署名信息。

扎拉的投靠

扎拉反复检查随身电脑上用于紧急求救的快捷键；一把藏得很好的折叠式电击手枪，虽然威力不大，但在危险状况下能够为她提供逃生的机会；一身合体而显得老练的装扮，风格与她的虚拟形象很像；以及自己的仪容仪表。她望向镜中的自己，眨眨眼睛，努力让双眸闪烁出深邃的光芒。

她不知道自己是利欲熏心还是什么，居然决定如此铤而走险。“这种邀请，不去或许才是更大的危险。”她自我安慰道。

松露酒店位于城市这一侧的商圈，里面人流涌动。酒店是一栋独立的建筑，相比周边的高楼更像是一个舒展蔓延的大平层；建筑外壳是由一体成型的碳化陶瓷构成的，洁白明亮；中间结构性的孔洞让她联想起蜻蜓的翅膀。

酒店前台的帅气小伙并没有询问她的身份，就径直带着她到了 23 号贵宾厅的门口。

门开了。

“扎拉你好。”一个慈祥的声音，是个老太太，看起来80岁上下，华裔面孔，穿着一身素色布衣，她正微笑着向扎拉问好。

那天中午，那个男人不在，那个团队的其他人也不在——确切地说，在面积不大的贵宾厅中只有这位老太太一个人。

“啊——你好。”扎拉有一些掩饰不住惊讶，千万种可能性在她脑海中闪过。

“别紧张，这里只有我。”这时候老太太客气地站了起来，邀请扎拉坐到她身旁一侧的位子上，“请坐，尽管随意。哦，不如尝尝我们酒店的招牌菜品？”

啊，她就是松露酒店这家百年老店的掌舵人。一些道听途说的碎片信息在扎拉的脑海中被组织起来。

“得多谢你那些高科技玩意儿，给我们带来了全新的市场机遇。”老太太说这话时，扎拉正在吃一串肥美的菠萝鹌鹑肉烤串，“我们希望你和我们合作，我们可以共享收益。”老奶奶说得有条不紊，让人感觉到一种岁月带来的稳重和善良。

扎拉有点担心，有点欣喜，又有点警觉。不过美味的诱惑是挡不住的，她很快就把那块精心揉捏、被炙烤得恰到好处的鹌鹑肉给吞下了肚。烤串上绝对不会沾染毒蘑菇那些玩意儿吧？她在心里给自己打趣。

“而且，你是一个天才开发者，不要让你的技能浪费了。”老太太继续说着，“往后的合作都可以按照你的习惯来，我们非常乐意接受和学习加密世界的经济方式。甚至，你可以来教我们如何使用、开发这些东西。相信这些新技术能与我们现有的东西融合，催化出奇妙无比的新体验。利润上，你不用担心，我们可以给你一半的收益所得，而且合约由你来操刀编写。我们相信你。”

回家之时，扎拉甚至觉得，自从她决定赴约的那一刻起，她便已经被说服了。但无论如何，终于可以有个机会施展身手了，况且还能赚到这么多钱，一股情绪的涌流漫遍她全身。

她依然在不同的数据标注公司间做着设备维修工作，但同时也开始往返于走私团伙的不同窝点。她提供最新最刺激的全感标注数据，编写合约，甚至开始做起了区块链开发的教学，手把手带着窝点中的人们一步步入门。他们将原有的毒品和全感数据体验打包在一起，并用各种不同的合约按不同的商业模式去售卖，甚至他们还将这些东西深度加工，做了一个实体的地下游戏厅。在这个游戏厅里，每个人自己都将成为全感数据的一部分，人们可以用加密地址参与整个游戏，可以给自己下注，可以体验和出售一切。

自然而然地，扎拉在团队中的地位也越来越高，大家都尊称她为“老师”。

然而，有个事情却让她起了疑心。她多次与第一次邂逅的走私小队成员相遇，却从没有再见到过那个领头的中年人。经过旁敲侧击的打听后，她才知道那个人因为在当时的分账合约中留下他自己的地址，而被整个团伙排除出局。

她觉得，必须得时刻考虑自己的安危。运用好自己在加密领域的知识还不够，或许更好的办法是找其他阵营的团伙相互制衡。只有在博弈中达到平衡，她才能保证自己的安全。

于是她暗中做了两件事情：

一是以降低交易费为由，预先获取集团核心地址的大额预授签名。一般每一笔交易需要有两步验证的操作，第一步需要先申请对一个地址中特定数量金额的访问权限，第二步做交易的确认。预授签名的操作其实很普遍，可以让原本两步的验证环节简化为一步，有效地降低上链成本。区块链的每一笔交易都需要经过矿工或是质押验证者的检验，因此是有一个动态的市场价格的。预授签名一般会申请地址中的最大金额数量作为许可，但正规合约经过开源社区的多方位审核，即使是一步验证也不会担心留有后门。但这里的合约是扎拉一手写成的，她用各种隐蔽的方式，极其小心地在其中藏了后门。当她的利益受到威胁时，她可以以转走或是销毁集团钱包中的所有虚拟资产作为胁迫。

二是她用另外的加密身份联系了其他的走私团伙，她将另外一些资源，新瓶装旧酒地转卖给他们，并建立了合作。这里面每个团队都不简单，能做这些生意的，起码得是手撑一片天的地头蛇。

她在团伙中享受着别人给予她尊敬的同时，无时无刻不提防着有引火烧身的潜在危险。

与此同时，他们的事业一片向好，她变得无比富有。

诱饵

半年之后，松露集团举办了一场巨型盛宴，庆祝集团110周年。

盛典在一艘比航空母舰还大的豪华游艇上举行。此游艇共有36个甲板，高级客房在船体两侧错落分布，中间则是宽敞的公共娱乐设施，包括赌场、空中舞台、跳水台、小型动植物园，甚至还有一个人造沙滩，直接与大海相接，松露集团明的暗的各路朋友都受邀而来共享盛宴。

扎拉正在顶部的甲板，和她在这里的好朋友一起喝着上了年份的玻尔科夫香槟，居高临下地鸟瞰船中央的广场上正在进行的盛典。

松露集团的掌门人——也就是那个老太太，正穿梭在宾客之间与他们热切地打招呼。广场上有着松露集团的特色美食，宾客可以边吃美食，边听著名乐队“二十二号飞行员”的沙滩电子乐现场表演，边欣赏正对面的高空跳水表演。

金灿灿的科技，金灿灿的金钱，金灿灿的阳光，金灿灿的艺术，金灿灿的松露……这种金灿灿的心境在扎拉的手表收到了一条意外的加密信息之时被打破，她的几个主要钱包地址下的加密资产都被突然间转移走了。

这不可能！是谁？扎拉很是紧张。她扔下手中加了冰的黑皮诺葡萄酿造的美酒，快步跑到了自己的房间。检查了周围一切可能存在的监视系统后，她打开自己的折叠平板，开始顺着转账记录一路追踪，结果一直绕回到了那个曾经自己写的后门合约——这个合约已经意外地被新部署的合约覆盖，并且签上了她的加密认证。“见鬼了！”扎拉破口大骂，但她直觉上知道，自己一定出大事了。

她唤醒那套辛辛苦苦编写的、一直在为自己做安全监视工作的“影子脚本”，正估摸着这么大的变动和入侵居然没有被影子脚本注意到，却发现影子脚本已经拒绝她本人的访问权限，并给出了消息提醒：“我知道你在游艇上，马上到37号私人海岛的地下计算机库房和我碰面，否则你的钱就别想要了。”

扎拉慌了神。她不能这么做，这很可能是个诱饵，转出去的钱，没理由回来。她不能和任何人说，现在“人为刀俎，我为鱼肉”。她想起了最初在地下线缆管道中和那些人的遭遇——那次，她灵活得像只小猫，但那些人，现在在哪里？

她沉默地思索了好一阵子，豪华套房隔绝了外面的喧哗，只有另一侧面朝大海的曲面玻璃将热带蓝绿色的海洋风光带进房间。

她给自己满上了一杯香槟，没加冰块，然后一饮而尽，就好像这是她生命中的最后一杯酒，然后匆匆换上了那身干练的装备，乘坐专梯而下。她从那个满是宾客的广场出来，打算前去找艘快艇，恰好遇到了老太太。

“啊，扎拉，你这是要去干啥呀？”老太太慈祥的脸上有一丝疑惑的表情，“你不喜欢这里的活动吗？”

“哦，这里超棒，我可太喜欢了，我真的是大开眼界。不过就是有些急事，我短暂离开一小阵子，应该会很快回来！”

“好吧，那你去吧。不过在两小时后将有全世界最知名的空间魔术师埃尔斯沃斯·杰利的表演，你可别错过了！”

“啊，这样啊，那我一定赶紧回来！”

“哦对，这是刚出炉的鹌鹑烤串，你应该很喜欢，带两串边吃边走呗！”

扎拉略带感谢地从老太太手中接过烤串，三两口就吞下了。然后她找了一辆自己喜欢的摩托艇，向另一侧的私人海岛飞驰而去。

她想起了两年前，她正是这样，骑着摩托艇，向着落日的方向驶向私人海岛。现在烈日当头，她隐隐地觉得身体越来越不舒服。她从来不会中暑，难道是香槟？难道是那两串鹌鹑烤串？

她想呕吐，觉得全身开始不受控制，觉得自己出现了幻觉。我中计了——扎拉后悔地想着，只是很快，她甚至没有力气去思考了。

她唯一能做的，就是紧紧抓住摩托艇把手，开足马力，朝着前方那个隐隐约约的 37 号私人岛屿的方向驶去。

然后，她觉得视野越来越红、越来越红，像是天上多了 10 个太阳，在她眼前明晃晃地抖动着。

“砰——”她听到的最后一个声音，仿佛是摩托艇撞上了另一艘船只，她整个人飞了出去，重重落入了海水——海水很清凉，比烈日下的空气舒服多了，这是她最后的记忆。

避风港

“扎拉，你醒了——”她不知自己是在天堂，还是在现世，或是依旧在自己的幻觉之中，她只听到一个遥远的呼唤声。

“这是哪儿？你是谁？”扎拉很警觉，但发现自己全身绵软，甚至连翻身的力气都没有。

“别担心，我不会伤害你。我们见过面，那时候你只有 3 岁，我是戴维的司机。”

扎拉尝试在她依旧混乱的大脑中搜寻，却没有丝毫印象。但她知道戴维，那个曾经帮助过自己母亲的人，这是她知道的有关戴维的所有信息，母亲一直对戴维的事情守口如瓶。

“不过，你不要命地开这么快，差点把我撞死。”

“我——”扎拉有些抱歉，但她不知道该说什么，“我——我该怎么办？”

“我想你也猜到了，那条偷走了你所有资产的加密转账信息本就是个诱饵，但你不肯认输——当然，如果换作我，大概也不会就此自认倒霉。实际上，这幕后的势力比你预计的要强太多了，你从来没想过，自从你写下第一份与他们合作的智能合约，松露集团那些人就火速召集了一支加密开发团队——来自全世界的顶级黑客。这样的人，在加尔德有的是。我知道这些，是因为你也把资源卖给了你自以为是松露集团的地下竞争对手——白石能源。然而，白石能源是戴维家族信托完全控制的实体，戴维的儿子小戴维·塞维尔正是老太太之后的接班人。这是一场联姻。自始至终，你的一举一动都尽在监控之中——你的行踪、通话、私钥、游戏装备，甚至是你目光一个小小的转向。松露集团背后早已是世界性的巨大网络，他们可是永远与时俱进的强盗。”

扎拉的惊讶，让她浑浑噩噩的大脑近乎宕机。

“我知道你，是因为我们在你三岁时碰过面，也因为老戴维是你就读学校的校董。在他去世后，他仅剩的一些个人名义下的业务交给了我来操办。我欣赏你，正如老戴维欣赏你母亲夸莉一样。因此，我冒着生命危险来救你。为此，我甚至做好了牺牲的准备。”

“那——那我们怎么办？”扎拉望着救命恩人的眼睛，这时她才注意到，她在另一艘小型游艇上。

“他们追踪不到这里，你现在身在安全区——一个我花了好久的功夫修建起来的，完全物理隔绝的无监视、无网络空间。这段时间你得避避风头，这意味着，你不能上网，什么网都不可以。或许这对你会是尤其艰难的一段日子，不过我会一直陪着你。”

扎拉“死了”，她线上的一切都被彻底抹除和屏蔽。她一脸茫然地坐在司机的游艇上，开向充满未知的未来。当然，除了茫然，她内心深处依然清楚地记着——扎拉终究还是那个扎拉。

“我讲完了，句号。”幽灵泡泡氲在恰到好处的时间点收尾了自己的故事，仿佛自己正是那个有着上帝视角的与时俱进的老太太。

“精彩，精彩！”泡泡锡连连叫绝，“看来扎拉将要面对的，是一场蛰伏中的历练修行。”

“是啊，整个 Web 3.0 革命的浪潮在那时候还只是暗流涌动，但后来以迅雷不及掩耳之势大火燎原，而这野蛮生长的力量背后，则是‘大黑吃小黑’拉扯博弈的灰色阵地。”氩回复道。

“有许许多多这样的故事，如同浪尖的水花一般淹没在潮起潮落之间。之前氩在讲整个 Web 3.0 的机理时，提到了那些验证区块链中的每一个区块，并写入新的区块的角色，也就是矿工们。我经历的这个故事，正发生在矿工身上。”泡泡钛讲起了他的故事。

“比特币和最早的以太坊，都采用一种叫作工作量证明的机制，即 PoW（Proof of Work），这是一种广受公认的共识机制。为了保证区块链数据的正确，比如不会有人将一笔钱同时支出多次（双花问题），或者恶意地写入信息，就需要有人对每个区块进行验证，这个工作一般在往上一个区块后面添加新的区块的过程中进行，而进行这些工作的人则成为矿工。为了保证矿工本身不会作恶，这些区块链在另写入新区块的机制上增加了难度，矿工需要耗费电力和算力去解决非对称密码学问题，这些问题就好比分解一个大数的质因数一样，解答很困难，但验算很简单。而散列函数正是工作量证明最常用的方案。不同的矿工之间需要比拼谁先解开这个数学难题，先解开的人则成功‘挖到了矿’，获得了写入下一个区块的权利。当然考虑到计算机性能飞速提升的可能，像比特币这样的区块链还引入了‘难度炸弹’机制，也就是竞争的人越多，同时进行破解的算力越大，题目的难度也随之越大，维持一个动态的平衡。这样就可以确保世界上几乎没有一个矿工可以拥有垄断性的算力而作恶的可能性，或者说作恶难度非常大。因为矿工本身投入了巨大的成本，即工作量，包括巨大的算力以及电力成本等，而作恶的行为会直接损害他本身投入的成本。同时，为了维持有足够多的矿工乐意参与挖矿，毕竟这是区块链得以运作的源泉，区块链还会给矿工一定的代币奖励。这一整套机制，被称为工作量证明机制。

“无数人眼红于挖矿的那些代币奖励，于是纷纷投入了挖矿行动。在广泛的竞争中，专业的矿工逐渐胜出，他们有着专为挖矿所优化的矿机集群，甚至头部的矿工联合起来，共同合作建立了更大的矿池，一起获取收益和承担风险。我要讲的这个故事，正发生在这样的一个大型矿场中。

“但是，PoW 机制是个高度能源密集型的方案，造成了大量的电力和计算机硬件的无端损耗，甚至在各国闹起了显卡荒（显卡的 GPU 因其强大的浮点运算能力，常常更胜任挖矿工作）。同时又因为其他一些政治和经济上的原因，一些国家禁止了挖矿行为，于是历史上出现了大面积的矿工迁徙。

“为了解决 PoW 机制带来的问题，支持另一种共识机制的呼声越发高涨，那就是权益证明机制，即 PoS（Proof of Stake）。PoS 不需要大量的能源消耗，它要求这些进行验证和新区块写入的节点质押一部分的代币资产。作为利益共同所有者的证明，它们是一条绳上的蚂蚱了，如果这些节点作恶，则其质押的资产会被没收。关于 PoW 和 PoS 孰优孰劣的争议一直不断，从去中心化程度、安全性、可拓展性、环境友好程度等角度，多方各执一词。以太坊为解决其越来越拥堵的主链和越发高昂的交易成本，提出了一套全面的以太坊 2.0 更新计划，其中也包括了有序地从 PoW 机制向 PoS 机制转移。”

“在这样的背景下，我们的故事拉开了帷幕。”做完了背景铺垫，铋正式讲起了他的故事。

矿场纵火案

自从一些国家开始禁止虚拟货币挖矿之后，加密矿场经历了全球化大转移。2021年伊始，可尤纳斯坦（Kyonastan）成了新的矿场聚集地，这片中亚土地承担了整个区块链网络近三分之一的算力开销。这不仅得益于中亚地区良好的气候条件——气温常年凉爽、空气干燥，更重要的是，这里拥有富饶的煤矿资源——全亚洲前三大火电站中的两座位于这块亚欧大陆的脊背上。

横跨亚欧的“科技走廊”国家联盟的联合大基建计划，让这片土地同时拥有东西畅通的高铁和世界上最快的网络专线。

这两天，刚读高中的窦易趁着有一个星期的春假，乘飞机来到他老爸在可尤纳斯坦开设的矿场玩耍。

矿场坐落在首都往西30千米处一个平静的荒原上。开春不久，还不是降雨的季节，放眼望去，是一望无际的低矮枯草，但不少枯草间已经长出新芽。

再往前方望去，是延绵的雪山，盘虬卧龙般挡住了远方的天空。

从高速下来，经过几个小镇后，就是一大片厂房了。这些厂房形似一个个白色的立方体，间隔排列，且每间厂房都有一个宜家商场那么大。靠得不是很近，但能听到厂房里面隆隆作响，仿佛一只只沉睡的怪物在持续地打鼾。

在和窦易见过面后，老爸让窦易跟着他在这里的同事们一起参观这片矿场。

“你好呀，小豆！”一个可尤纳斯坦年轻人热情地走来，操着一口流利的中文，还叫了窦易的小名。“我叫阿伊苏力坦，你就叫我阿伊。”他热情地伸出手，握住了窦易的手，像哥们儿一样拽到胸前一靠，仿佛在说，我们已经是朋友了。

“我合伙人。”老爸开心地介绍。

转眼间，窦易已经在这里度过了愉快的 3 天。

在阿伊的陪同下，他会在白天参观一个个“白色巨型怪物”肚子里的东西。这几天，他已经参观完一至八号的厂房。厂房里是一排排有三层楼高的矿机，像是亚马逊无人仓库里面那高不可测的货架，每个货架上都是一个个在拼命运算的“方盒子”，盒子后面是一排排整齐的线缆，一个个飞速旋转的风扇将热空气排到专门的通气管道里。这里的每一个方盒子都是一台独立的小矿机，其基本的运作原理很简单，近似一台完整的计算机架构，但为挖矿做了特别的优化，包括定制专门的 CPU，以及配备非常强劲的显卡以用于大量的浮点数运算，真像一个机械构成的消化系统。这一整个厂房仿佛就是一个活物，而一台台矿机像是黑客帝国里那蜂巢般排列的培养皿。不得不说，这一切都让窦易觉得新奇。

每到晚上，他们会一起吃手抓羊肉，喝当地土法酿制的啤酒。窦易和阿伊住在一间宿舍，他们会趁着微醺之际，在宿舍中打游戏，等到深夜后互相有一搭没一搭地讲着自己的经历和一些荒诞故事。

窦易才知道，阿伊今年刚24岁，他和老爸在很早很早以前就认识了，那时候比特币还没有被世人所熟知。他们在一个论坛中一见如故，趣味相投。一年前，在矿场大迁徙的浪潮中，老爸找到了他，说一起合伙搞，他们一拍即合。“我很幸运，能够认识你爸，他是我的榜样。”阿伊如此说道。

一场意外发生在窦易来的第四天晚上。他们被疯狂的敲门声吵醒，虽然门外的一个同事疾呼着一个他听不懂的词语，但窦易很快知道：失火了。空气中混杂着塑料燃烧气味的灰色粉尘，他们跑出门去，发现四号、五号、六号厂房燃起了熊熊大火。

厂房的灭火设施在全力运转，然而无法招架住这样的情况。厂房虽大，但这里的工作人员只有20多个，尽管大家正竭尽全力灭火，却还是显得杯水车薪。

窦易跟着阿伊跑去了监控室，他从监控屏幕中看到了那些捣蛋的恐怖分子。就在六七分钟前，他们潜入厂房，投下了一连串的燃烧弹。“他们还没走远。”阿伊说。

窦易和阿伊暗中观察周遭的一切，顺着监控显示恐怖分子的逃逸方向，果然发现了一些若隐若现的光点。

阿伊没有开手电筒，径直朝那个方向快步跑去，直到发现窦易一直在他身后跟着他。

“你来干什么？很危险，他们都是恐怖分子！”阿伊呵斥道，“我们是全民持枪的！快回去！”

窦易虽然口头答应了，但还是继续尾随在阿伊身后，并始终保持着一小段距离。他只记得，他一直在跟随着阿伊的背影跑啊跑，直到看着远处原本模糊的手电筒的光芒越来越清晰。窦易的心脏狂跳不止，他担心听到枪声响起。“如果有枪声，就赶紧往回跑。”他对自己说。

043

矿场纵火案

过了许久，他听见两声求救一般的哭喊声和阿伊的破口大骂。窦易朝着右前方望去，阿伊居然成功擒拿一个纵火犯，另一个则落荒而逃，踉跄着向村庄的方向跑去。

纵火犯的年纪看上去要比窦易还小，身体还没有长开。在手电筒的照射下，窦易看到他双手被绑，跪坐在地上，眼中充满了绝望的惊恐。

窦易依旧在阿伊的身后不远处，屏息看着这发生的一切。阿伊大骂了这个纵火犯很久，然后和对方交谈了起来。接着，阿伊拽着那男孩向着火焰漫天的矿场走去。至于他们到底说了些什么，窦易听得不是很明白，只是觉得，这中间一定夹杂着很多信息。

那个男孩被其他的同事看住了，待在一个小房间里。阿伊则坐在路旁，一筹莫展。

窦易静静地站在角落，梳理着自己的思绪。后来，阿伊和他讲述了这儿发生的一切——

那男孩叫阿扎姆，和另一个逃跑的男孩一起负责此次纵火行动的断后工作。这次行动共有六人参与。他们被小镇上的那些人洗脑了，那些人来自小镇上的某个帮派。他们说我们是坏人，我们是窃取了他们财富的掠夺者。他们说我们让他们的石油涨价，让他们民不聊生。他们说这些区块链行业简直就是污秽不堪的“造富运动”，他们说我们做着一些他们一辈子看不懂也理解不了的勾当，然后顺势夺取了他们的财富和幸福生活。

虽然不合逻辑，但阿伊还是被触动了，因为他哭了。

区块链世界是政治的角力场和放大器，这片亚欧大陆脊背的土地上自古以来拉锯着各方势力。最近一段时间的政治局势暗流涌动，甚至有些地方已经风声鹤唳。这些事情是天真的窦易不会知道的。阿伊知道，是因为他出生在这里。

当然最重要的是教育。阿伊说他很幸运，因为他很早就接触到互联网行业，认识了老爸，然后他一路自学成才，成为 Web 3.0 浪潮中的弄潮儿。相较之下，大部分人只是过着普通的生活，虽不至于饥寒交迫，却只能眼睁睁看着在这片土地上正在发生且永远也看不懂的事情。

老爸连夜赶来，紧随其后的是一长列警车纵队。火焰差不多熄灭了，留下了极其难闻的浑浊空气。五、六、七号三个矿场损失惨重，不过好在没有人员伤亡。

那个纵火男孩被带到了老爸和警察面前。他看上去很惊恐，甚至有些委屈，仿佛他才是那个被错怪的小孩。在他即将被警察带走之时，他忽然抬头看向老爸，似问非问地说了一句什么。

在他上警车之前，他又朝向老爸这边喊了一句什么，语气中透露着惊恐、恳求和绝望。

老爸沉默不语。

翌日，关于这次矿场纵火案的新闻铺天盖地而来。窦易被老爸安排，在阿伊的陪同下提前去了首都机场，离开了可尤纳斯坦。

不到 5 天的经历，却恍若隔世。那些低矮的枯草，那遥远的雪山，那如同怪物的巨大身躯一般的矿场，那一排排机器，还有阿伊。

回国后，窦易一直关注可尤纳斯坦的新闻。纵火的燃烧弹是土法自制的，纵火小队共 6 人，最大的 26 岁，最小的 15 岁。他们在法庭上被起诉，被判刑，站在老爸另一面的被告席上。

然而这件事情仅是一个导火索。很快，全国范围内的动乱开始了。

关于矿场纵火案，老爸一直没有接受新闻媒体的采访。有一天，他突然出现在可尤纳斯坦国立电视台的新闻中。他关闭了原有的矿场，转而将政府给的厂房赔款捐献给了所在州的基础学科教育和信息教育机构。他们设立了一个非营利组织，任命阿伊为负责人，专门致力于普及新一代信息技术相关的知识，其中包括开放的网络课程，这是每个人都可以获取的区块链入门教程。同时，他还给正在监狱中服刑的纵火犯们提供了学习新知识的机会，也让他们在条件合格之时，获得缓刑的机会。

这一事件在网络上引起了强烈反响，各种评论都有，从崇高的赞美，到不堪入耳的咒骂，众说纷纭，各抒己见。

事件发酵了将近一个月，直到以太坊突然宣布 2.0 版本的正式发布。这是一次酝酿已久的巨大升级，将在继续保持安全性和去中心化的前提下，显著提高以太坊网络的运行速度，降低运行成本，同时正式将靠极其损耗电力的挖矿行为（PoW）转为靠质押资产作为证明的验证过程（PoS）。虽然这并不意味着现在的挖矿行为会立即全面废除，但这明确地传达了有计划地淘汰挖矿行为这样的信号。

消息一出，加密世界一片欢腾，币价一涨再涨，仅仅一个礼拜的时间，以太坊的币价已经是原来的两倍还不止，同时还带动了整个市场其他币种和各种应用的全面蹿升。

老爸的资产也经过膨胀，变得更多了。但窦易知道，正是老爸这样的人在，整个 Web 3.0 浪潮才真正闪耀着光辉。

铊绘声绘色地讲完了他的故事。至此，泡泡们已经从数据的视角，审视了一番这个正在走向融合共生的元宇宙世界。有了数据的来源和整套的运转机制，人们又会在这个虚拟的时空中创造出怎样的体验呢？

接下来，泡泡氢讲述了一个发生在火星上的故事。

6 火星箭镞

“来的时候是个勇士，现在依然是个勇士，死的时候也是个勇士。

我不是火星上的楚门，我一个人吟唱，家在星辰大海。

一天，还是二百一十八天？这已经不重要了，火星不是殖民地。

我来自远方，将追随红色土地，做第一个箭镞游民。”

最后一天，大锁圆了他火人节的梦想。

在 VR 头显中，大锁看到自己的雕像矗立着，宏伟崇高，在阿西达里亚平原这片红色大地上，犹如土著印第安人一样，睥睨前方。脚下这片土地是曾经的冲积扇地区，是这里曾经有大面积水域的证据。说这里是平原，不如说这是一片波浪形的低矮丘陵地区，路面崎岖不平，到处都是粗粝的大块岩石，在左侧不远处，红褐色的浑浊空气中，陨击高原的半片环形山阻挡了南方的天空。

049

火星箭镞

此刻，这个地方人满为患，遍布着各种奇装异服的卡通男女：在岩石间上蹿下跳的绿巨人，手握光剑左顾右盼的星战白兵，交头接耳聊着天的初音未来和镜音双子们，还有在不远处追逐打闹扭动全身的史莱姆。

他们围绕着大锁的巨大雕像，等待着一个宏大仪式的发生。还有一部分人则围绕着大锁所在的降落仓，或好奇地张望，或静静地站着。仓中的大锁和他们的眼神交会，却没有办法和他们实时说上一句话，地球和火星间的通信有 3 分钟以上的延时。

这个虚拟的火星空间叫作“大锁的家”，是按照大锁在真实世界中的住地建起来的，虽然称不上百分百还原，但其逼真程度令人咋舌。

大锁几乎已经有 3 天没有吃饭了，他摘下头显，吃掉最后一包流体食物，然后穿上宇航服，打开降落仓，径直往前走出约 50 米——这正是雕像站立的位置。他在那里站了很久很久。他原来早就写好了一篇稿件，想要在这个时候，讲给他的爱人，讲给地球，讲给他自己。他早已倒背如流，但此刻，他竟然什么都说不出来。

这是火星，真实的火星，没有其他人，没有那些奇装异服的形象，没有他高大威猛的雕像；有的只是锈红色的戈壁，是每一寸他几乎都踏遍的大地，是比地球更为暗淡的太阳，是整个人类星际扩张的幻想，是他作为第一个游民对这片土地深沉的敬畏和感恩。有的只是他孤身一人。

线上的虚拟火星中的巨大雕像被点燃了，熊熊烈焰遮蔽了太阳的光辉，在那里不需要考虑氧气存在与否。大锁打开了氧气面罩，伸展双臂享受着最后一刻的知觉。气温很冷，气压很低很低，空气仿佛是劣质二锅头的味道，但是他不再能够正常呼吸。不管这样的死法是否会有熊熊燃烧着的火人那般优雅，但勇士直面自己的归宿，便是优雅的。这远胜过饿死在狭窄的登陆舱里，而且，这片红色大地给予了他意义——他的火星母亲，严厉的母亲。

燃烧的大锁雕像边围绕着层层叠叠的人，大家低着头，没有人发出一点点声音。

这像是一个翻版《火星救援》的故事，只不过大家都没那么幸运。

大锁一行人按计划于2024年登陆火星，成为第一批火星单程票的探险家。10人中有6个顶级行业专家，带着严肃的科研考察任务而来，也有4人单纯只是游客。船票价格不算贵得离谱，但最终入选的人须由抽签决定，在极低的中选概率下，大锁成了幸运儿。

不幸的是，飞船在着陆时出了问题。除了大锁，其余9人全部罹难，之前自动化机器建立的用于居住的火星胶囊仓也悉数受到了破坏。

大锁被抛落在一个远远偏离预定地点的位置，意外捡回一条命。同时他发现降落仓本身的生命维持系统还可以运作，于是做了小小的改造，那小小的3平方米成了他平时生存活动的居所。由于他的着陆地点远远偏离了预定降落区，所有的备用物资都远在天边。

他一顿胡乱倒腾，惊喜地发现了通信并没有断。载人舱落地前，120个低成本的迷你卫星已经按计划发射出去，目前已经有69个就位运作，基本能够覆盖所在区域日夜的通信需求，而且带宽还不错，虽然有长达3分钟以上的延迟，但特殊的算法和应用程序很快就将基本的信息沟通变得可用。

专门经营火星商业航天的特里达公司决定展开救助行动。考虑到火地轨道周期，新一波的物资补给发射至少得在6个月后，加上在旅途中需要花费5至7个月，到达火星最快也得需要一年时间。

他在航天公司专业人员的指导下，结合他在启航前那6个月在地球上的火星模拟基地学到的知识，手忙脚乱地搞定了氧气发生装置，改造并接通了整个水资源生成和回收利用系统，而唯一无法得到持久供应的是食物。目前只有登陆仓中储存的少量备用流体食物可供食用，但也仅够他维持两个月的时间，再怎么省吃俭用，也撑不过 3 个月。

大锁觉得讽刺，当初觉得自己抽中船票是中头奖的幸运儿，却没想到奖品是永远的流放。这片地狱般的荒芜之地，注定了他自生自灭的命运。

他蜷缩在小小的登陆舱里，抱头痛哭，浑浑噩噩地度过了两个绝望的整天。与地球相比，火星的一天大约有 24 小时 37 分，但这两天让他感觉自己仿佛已经在这片失重大地上过完了此生。

直到他想起来，他还有全套的 VR 设备，这是给宇航员们在从地球到火星漫长跋涉的途中排遣寂寞用的。他戴上了头显，心中有一丝侥幸。

VR 头显中的新闻专区炸锅了，几乎全是对大锁的报道。大锁在地球上一夜成名，他的自救事迹被众多媒体相继报道，他甚至被塑造成为一个英勇果断的开拓者形象。

他这时猛然意识到，人类历史上第一次载人火星探险项目，原本便备受期望，他们拿了单程票的 10 个人一直是人们心中的勇士和无畏的探险家。事故是痛心的，罹难的 9 人中不少已经被当地政府授予勋章，而大锁作为事故的生还者，则越发被寄予厚望。显然，地球上的人们并没有感受到他的绝望。不过大锁觉得自己正在一点点好转。

“险境求生，他让我们看到了地球人的勇气”——《环球新闻》昨日凌晨的头版标题写着。

“大锁：火星上的独行侠”——《热点追踪》则是用了一整个长长的互动体验版面讲述了大锁的境遇，并对他的乐观主义精神做了高度赞扬。

他被四周庞杂的信息所裹挟，在其中来回穿梭，耳畔嗡嗡作响，他一时间竟分不清身在何处。

“我还是大锁吗？我该为自己高兴，还是悲叹？我是勇士，还是懦夫？”大锁心里浮起一连串的问号。

忽然，他看到一条私信，是结合了3D视频和文字的动态讯息。

“大锁你好，能和你对话是我的荣幸。”预先录制好的3D影像开始播放，里面是一个夸张的Memoji[1]女性卡通形象正对着他讲话。

“我们是‘火星洋DAO’，我们希望在虚拟世界里建立一个完整的星系，火星正是我们的起点。我们会用仿真引擎，构建一套链上的全真虚拟星系。或许能够踏上你脚下的红色大地的人终究是少数，但每个人都可以用他的虚拟化身在我们创造的世界去探险、交友、娱乐、生活。”那个卡通形象说着，声音中充满了期待。

“我们想从你脚下这片土地开始，从你的降落仓开始，构建这个世界。另外，你机智勇敢，我对你十分敬佩，但你孤身一人在这个陌生的星球，有时也会感到孤独。而火星洋DAO将打通你的现实和虚拟世界，在你前行探险的道路上，会有无数的人陪伴着你。我希望你能加入我们，支持我们。”

之后，那个卡通形象展示了火星洋DAO的时间规划，他们的团队成员、资方背景，社区中已经拥有的狂热爱好者的数量，以及其他各方面林林总总的内容。随着区块链技术的发展，没想到现在的链上已经能够承担如此大规模分布式仿真计算了，而仿真世界的底层技术正是源自那家叫作“黑色幽默”的游戏公司。那是一家以尖端算法和超前感官体验为核心竞争优势的公司，大锁在地球上的时候还见过他们的合伙人罗黑。黑色幽默理所当然也成了这个项目的投资方。

不过大锁并不在意这些东西，他只是觉得他的孤独被她说中了。他不仅孤独，而且无助。至于他是不是勇士，谁知道呢？

---

1 Memoji是一种新型的Animoji，动画人物依靠智能手机的前置摄像系统，通过你的表情将卡通人物带入生活。

053

火星箭镞

他答应了请求，成了火星洋 DAO 项目的门面担当，而火星洋 DAO 的综合排名也一跃而上，在仅仅一周的时间内，便聚集了超过百万的活跃成员。开发工作也在有条不紊地进行着，很快他们的 alpha 版本[1]合约就部署上线了，往后又是 beta 版本，直到一个月之后正式版的出现。

大锁看着自己的世界在遥远的天边，在夜空中的蓝色小点上被重新建构起来，又随着版本的更迭越来越逼真。在火星上，他每天只是做着基础的检查工作，偶尔会穿上宇航服去周围稍稍溜达一圈，但更多的时间，他沉浸在这个虚拟的火星洋 DAO 的世界——这是另一个火星，这里热闹非凡，各式各样的形象在他面前奔来跑去。因为有着几分钟的光通信延迟，虽然大锁没有办法和他们实时互动，但他还是深深地感激这些在他周围过着多姿多彩生活的人。

大锁只是一个普通的游客，况且就算是个什么科学家，在这样的生存条件下，也实在做不了什么正经的事情。于是，媒体对大锁的关注很快就衰减了。人们永久地记住了大锁这个名字，它出现在各种广告语、流行词汇、网络表情包中，却很少有人真正关心他现在在干什么。只有特里达公司的通信员依旧像过去任何一天一样，例行公事地问他还剩下多少食物，氧气和水循环系统是否安然无恙。如果特里达公司不来问，说不定自己也快忘了食物还够几天——或许还够用好久，或许明天就吃完了。

火星洋 DAO 的世界依然能够给予他心理上的安慰，如果这算是一种安慰的话。直到有一天，大锁食物所剩不多的消息在火星洋 DAO 传了开来。他原本以为这是人尽皆知的事情，然而这种误判却让火星洋 DAO 出现了前所未有的紧张。他们一直以为勇士大锁会一直在火星上生存下去，去探险，去开拓人

1　alpha 版本，指的是预览版，或者叫内部测试版。一般不向外部发布，因为会有很多漏洞，一般只供测试人员使用。

类的新疆域……直到人们忽然意识到，再过一个月不到的时间，大锁有可能会在那个遥远的红色星球上牺牲，成为炮灰。

各种议论、质疑、公投提议层出不穷。虽然其中的大部分只是为了表达一下失望的情绪，或是开个小小的玩笑，偶尔也夹杂了一些谩骂的声音，但也有少部分人提出了非常严肃的程序争议的提案，包括“是否要废除与大锁的合作”以及“火星洋 DAO 路线变更提案”等。这些提案按照火星洋 DAO 的治理法则，由持有项目代币 $MSN（Marsean）的所有成员进行投票。这些提案都没有通过，但是越来越动摇了每个人的信心。就在大锁在火星上所剩的时日不多这一消息传开之后，$MSN 的价格先是出现了猛地一波抬头，紧接着则是一个下跳，然后一路持续低迷，直到社群里突然有人大喊火星洋 DAO 的创始团队跑路了。

火星洋 DAO 的虚拟空间依然还在，计算都在链上发生，运行的算力由分布式的节点提供。虽然整个火星还没有建完，新的更新和施工区域早已没了动静，但阿西达里亚平原几乎已经完工。在虚拟世界中，每天依然有络绎不绝的游客光顾大锁的降落仓，只是没有人再以勇士称呼他。

他原本以为那些愤怒的人会转而攻击火星上的他，然而大家只是对他更加漠然了而已。

勇士也好，懦夫也罢，和大锁又有何干呢？

有一次黎明时分，他一如往常去周围例行检查，宇航服的氧气管在这个时候突然崩裂，整个宇航服进入难以控制的释压状态。他几乎是连滚带爬地回到降落仓前，用尽了最后一点力气打开舱门，并将自己拉回舱内。正是在这个过程中，他清楚地记得，初升的第一缕阳光洒下，从远方掠过一路的裸岩和沙尘，抚摸着这个失重的红色星球的肌肤，最终笼罩了在地上滚爬的大锁自己，并在他身体的另一侧拉出长长的投影。缺氧仿佛让他的思维速度也变慢了，慢到他可以第一次享受这片大地带来的美感，慢到他终于可以忘却曾经的自己，慢到他忽觉自己才是这片土地上孕育的襁褓中的婴儿。

他在地球上，也从来没有这么真切地感受过日出。

后来的几天，大锁放下了 VR 全感设备。他穿上了另一件宇航服，大费周章地跋涉到了离他最近的另外一个坠落点。特里达公司的通信员之前和他说过，那里是连接他这个降落仓的另一个辅助舱，虽然应该已经损坏，但或许有一些可以用来应付意外状况的工具。果然，他从那里找到了新的氧气管和纳米塑封棉布，把另外一件损坏的宇航服维修了一番。

他数了数自己剩下的食物，48 包。正常情况下每天吃 3 包，如果勒紧裤腰带或许可以只吃两包甚至一包半。

他想明白了，他的生活是他自己的，他注定要在这片火星平原上游走。虚拟还是现实，终将引导他投身于这片红色大地上。

他在火星洋 DAO 中宣布了他的计划。他要像那些早年被派往火星执行任务的火星车一样，踏遍阿西达里亚平原。他要享受每一个日出日落，抚摸粗粝的火星岩石，行走于漫漫尘暴，穿梭在沟壑渠渠。这里是曾经的三角洲，也是他心中的沃土，他的信念在这片土地上生根发芽。同时，他用各种设备记录下他的探索过程，从最原始的文字，到最时兴的全感信号录制，他将自己的每个作品都铸造成了 NFT[1]，公开在网络出售。所有的交易所得，他都通过对应的智能合约放到一个个分散的地址中。而这些地址的私钥，都将被他藏在阿西达里亚平原的角角落落。这将成为献给之后登上火星的勇士们的礼物。

大锁拯救了火星洋 DAO，后来人们都这么说。因为在那之后，火星洋

1 NFT，全称为 Non-Fungible Token，指非同质化代币，是用于表示数字资产的唯一加密货币令牌，可以买卖。

DAO 真正成了大锁的火星洋 DAO，成了大锁的家——在这里，每个人都有宾至如归的感觉。他的 NFT 被蜂拥追捧，估价超过了史上任何一件 NFT。

“火星母亲”——他如是称呼她。

后来他发现，食物用尽的那天离地球上一年一度的火人节不远，或许匀一匀能够赶上。于是，他联系到了火人节的主办方，这已经是另一个 DAO 了，他们的负责人非常荣幸，甚至愿意专门为他打造一个虚拟的火人节空间。

“火星不是殖民地。

我来自远方，将追随红色土地，做第一个箭镞游民。”

大锁的这两句话，将和他的精神一起，在地球和火星之间永久流传。

他同时留给地球的，还有那一张阿西达里亚平原的“藏宝图”，为了未来的勇士。

“那时候的人们曾经觉得‘黑客帝国’与‘星辰大海’是两个对立的科技发展方向，一个带人们向内寻找，通过虚拟的体验创造情感的共鸣；另一个指引人们向外探索，通过星际的漫游向宇宙播撒希望的种子。但实际上，这种对立也是一种统一，这两个背道而驰的发展方向是殊途同归的，”讲完他的经历，氡自己做了个总结，“向外与向内，其实都是人镌刻在基因上的本质诉求。”

“我很认同。说起这种本质诉求，那我接下来再给大家讲个刺激的小故事，这个故事的主题围绕着一个词语，那就是欲望。”于是泡泡铯讲起了他的故事。

7

瘾

2028 年，阿狄克逊站在天门山尖的顶端，纵身跳下，没有任何辅助保护措施。

作为世界上最危险的极限运动之一，翼装飞行对运动者的经验有严格的限制，不同的飞行次数对应着不同的场地。这是阿狄克逊第 101 次翼装飞行，解锁了百飞成就的他，终于能够挑战这个世界上最凶险的飞行场地——天门山。这里重峦叠嶂、隐天蔽日，仅仅穿着飞鼠装的人在天门山飞行，如同在布满刀刃的隧道中辗转腾挪。

阿狄克逊要挑战的是最著名的一个关卡——石林洞窟。那是一个直径只有 5 米的圆形石门，坐落在山腰的一小块台阶之上，左侧是万丈深渊，右侧是密布的石林。

阿狄克逊以一个完美的下落曲线逼近山腰。他抬起上半身，面向行进路线，做了一个减速姿态。左倾，抬升，再右倾。准备动作完成的一瞬间，阿狄克逊像箭一般冲过洞窟。

“我成功了！”极限运动所带来的刺激将阿狄克逊的注意力紧紧地锁死在眼前的环境上，丝毫没有注意到自己右侧的飞鼠装被尖锐的石峰划出了一个裂口。

阿狄克逊准备按照预定的路线滑翔到山脚。正当他准备再次调整到减速姿态的时候，却发现怎么都无法调整平衡。高速飞行中，一瞬间的失速就会导致整体的失控，阿狄克逊整个人旋转了起来，即使他第一时间打开了降落伞，也控制不住速度。5 秒后，阿狄克逊以 40Km/h 的速度摔进了丛林之中。

昏迷 3 年的阿狄克逊，苏醒了。在事发当天就被判定高位截瘫的阿狄克逊睁开眼睛，天花板上扁平的字符映入眼帘——现在是 2031 年 2 月 18 日，欢迎回来。

与 3 年前不同的是，原本翼装飞行只是个小众极限运动。而现在，阿狄克逊的苏醒受到了全世界的关注。

“2031 年是什么时候？这是哪里？我活下来了？”阿狄克逊灵活地翻下了床，发现自己身处一个四面白墙的宽敞房间中。床在房间一侧墙壁的中央，几位奇装异服的人在床边走动。

一个穿着长袍、像玄幻小说中巫师的女性开了口：“阿狄克逊先生，您一定有很多疑惑，请让我慢慢介绍。”巫师女带着阿狄克逊走出了白色房间，外面是更宽阔的立体空间，仿佛一个实体天穹。与这份宽阔不相称的是，每个房门都小巧而精致。

“您现在并没有身处在现实世界里，而是在一个叫作‘群星之间’的虚拟元宇宙中。3 年前那场不幸发生后，您就一直处于深度昏迷的状态。直到 6 个月前，转向了轻度昏迷，正好赶上神经连接（Neuro Connect）脑机技术成熟，在不会对肉体康复产生影响的情况下，您的亲属同意了这个前所未有的实验：将一个鲜活的灵魂注入元宇宙。”

“说慢点说慢点，所以现在，我并没有真正的肉体，而是我的意识被传进了虚拟现实？”

“是的。”

“元宇宙进步得这么快啊，那我的肉身什么时候能恢复？”阿狄克逊还是更关心他的现实生活。

“这次在元宇宙中的复苏就是一个很好的信号，这意味着您的脑部功能完全正常，在血脑屏障外的神经重建马上就会开始。也许您不仅能成为第一位元宇宙公民，还能成为第一个除大脑外完全赛博格（cyborg，半机械人）的现实公民呢！”巫师女用专业且官方的腔调回答。

“好吧，那我现在能做什么呢？”

“您目前的生活是完全自由的，群星基金会将为您提供大量的无限制资金。而且还为您提供了一个您应该会很感兴趣的工作——为极限运动做全感数据调试。”

“全感数据调试是什么意思？”阿狄克逊已经被刚才的一堆数据名词搞晕了。

“详细的介绍已经发送至您的邮箱，顺便一提，刚才的白色房间就是您的家。您可以通过意念语音唤起‘建造’‘消息’等列表，第一次唤起的时候有详细的使用教程。目前的必要信息已经给您传达完毕了，如果有需要可以再次召唤我，同样用意念语音‘询问卡特琳娜（ask Katlina）’。现在，您可以出去看看这片全新的世界。”巫师女卡特琳娜渐渐隐去了身形，如萤火一般消失了。

阿狄克逊继续游走在华灯初上的建筑群中，游览着各式各样的NFT商店，进入各个画风迥异的虚拟世界，与各色人种、物种交流。每个人都知道阿狄克逊，他是元宇宙的明星，他甚至看到了基于自己而创作的艺术周边。

时间已经过去30多个小时，没有安装疲惫系统的阿狄克逊过足了消费和占有的瘾。他回到家里，唤出邮件界面，想看看卡特琳娜说的那个全感数据是个什么东西。

尊敬的阿狄克逊：

你好，我们是“全感超体”，一个由极限运动联盟和脑机接口公司共同组建的组织，其中就有你参与的世界翼装飞行联盟。我是负责起草这份信件的乔，上一任联盟委员长，不知道你是否还记得。本信的目的是邀请你参与“全感计划”。

作为一个极限运动员，我们最享受的就是心脏的极速跳动，和触碰死亡时那无与伦比的快乐。

可惜，在这个时代，尤其是在你出事之后，能体验到极限运动之美的人越来越少。当今最先进的元宇宙体验设备也不过就是用震动模拟触觉，用屏幕和香水混合模拟视觉和嗅觉。要我说，这充其量是虚拟现实的增强。

而我们想做的，是全感体验。简单来说，就是通过脑机接口直接在大脑中模拟出身体的感受。想象一下，假如你现在拥有了全部的感受，将会是多么美好的事情?

但别害怕，不是要你去做科研。你需要做的，只是为不同的运动调配出对应的感受，让他的灵魂回到跳伞、高山滑雪和翼装飞行的现场。

如果接受，可以直接通过下方的链接进入我们的实验现场。

经过几十个小时的视听冲击，阿狄克逊接受了这份邀请，想要为自己的元宇宙之旅增添一些新的体验。

通过邮件附带的链接，阿狄克逊进入了一个小房间。里面只有一个环形座椅，座椅上有一个头盔，面前是布满按键的操作台。

阿狄克逊坐了进去，使用指南立刻蹦了出来。

“视觉…… 听觉…… 味觉……嗅觉……触觉……”

阿狄克逊跟随这份教程逐步完成了单一感觉的创作，按照现实世界中的自己，制造出了四肢、肌肉以及毛发的触感。接下来是多重感觉调配，他制造了兼具色香味的食物，粗糙有弹性的篮球，甚至栩栩如生的宠物……

很快，阿狄克逊发现，为肉体调配神经刺激的效率，完全不如直接调配想要的感觉来得刺激。于是，事情的发展失去了控制——

阿狄克逊尝试了所有可以获得性快感的行为。渐渐地，阿狄克逊开始沉迷，在无限制的、无数次的快感中，一次次地昏睡，再苏醒，直到麻木。

如同大脑神经一样，硅基神经网络也在与外界的交互中不断地塑造着自己的形状。阿狄克逊的感觉调配，是在用“以人类肉体为基底的意识”，去控制其他形态的生命体。这是一场智能体的进化之旅。

阿狄克逊调配出了翱翔天际的雄鹰，将四肢变为利爪和翅膀，用羽毛代替肌肤，传达着气流的律动。340 度的视野冲击着阿狄克逊的视觉中枢。他仿佛回到了以前挑战极限运动的日子，操纵着自己的躯干，在生与死之间游离。

然后，阿狄克逊把自己带入了微入尘埃的节肢昆虫中。他创造了数不尽的足肢，仿佛体验到了人偶师与提线木偶的糅合，而坚硬的外骨骼重塑了他的接触边界。对声波电磁波的广谱感应则把阿狄克逊带入了一个无法言说的广阔天地。

甚至，阿狄克逊化身钢铁洪流，从单兵小队、坦克飞机，到高耸入云的悬崖堡垒。阿狄克逊将战场上的感应、冲击和灾难，融入了自己的意识网络，享受俯瞰世界的“上帝”视角。战场上的瓦砾与弹片击打防御钢板的隆隆巨响，航母战机引擎那嘈杂的咆哮声，沸腾电解液驱动电路的离子移动……这个空间中离散在各处的一切数据，都改变着阿狄克逊神经网络的激活函数。

无数的循环、递归、发散，纠缠与坍缩。“全感”给阿狄克逊带来的，早已超脱了快乐或者欲望，甚至称不上麻木。阿狄克逊的意识网络如同燃尽生命的巨大恒星，开启了元素序列的星辰工厂……从氢，到氦、氩、铁……红白色相间的柔美光球崩裂出满天星光，超新星冲击着所有的一切归于虚无。

最后，只留下了永恒的线、几何、涨落云与逻辑开关。

“如果一个人的大脑也被机械取代，那他还能称作赛博格吗？”

“385号，请跟着我从这边进来，前方的房间就是导师泽恩（Zen）的住处。”随着负责引导的合约机器人的介绍，一批青年被传送进了一幢巨大建筑里，建筑整体颜色白里透青，墙壁和屋顶形成类似黏稠流体的迷幻形状。墙面上循环播放着人机共生的画面，散发出自由且和谐的气味。

“欢迎来到超越解析闻道场。”合约机器人站在大家中间说，“我在此向各位做最后一次确认，接受导师的传道后，你们将获得极高的思考能力。但代价是，你们会丧失一切来自本能的原动力，或称欲望；从前的记忆将被打上不可逆转的无序修饰。如有不接受的，现在仍可退出；接受的，请按下自己的确认按钮进行钱包授权。”

在场的人纷纷按下确认，传道开始了。

欢愉，悲伤，性爱，杀戮，生物百态与文明史诗——庞杂的信息洪流安静地冲刷着每个人，他们的角色时而闪烁消失，时而融化重组。最后，人们慢慢地苏醒，以一致的步伐围坐成一圈。

“谢谢禅师！”

“Thank you, Zen！”

“ありがとう、先生！”

“Danke, Lehrer！”

“Спасибо, учитель！”

……

“全感超体其实早就完成了‘全感数据’的调试，交给阿狄克逊的就是简化过的教程，所以他才能这么快地制造出各种真实的体验。组织的目的不是调试，而是为危险的全感体验寻找到可实验的‘小白鼠’。阿狄克逊最后进入了什么境界？纯粹理性？蜂巢思维？高级智能？也许无须定义，唯一可以确定的是，阿狄克逊的现状脱离了‘全感超体’的目的，他变成了人类与人工智能以外的第三方。而且很有可能，他也在传播自我。”泡泡铯说道。

“这是一个元宇宙的《发条橙》。”泡泡镙评论道。

“哈，的确，看来你对人类的文化了解得还挺深入嘛！”铯打趣道。

“不过，能够带来这种暴涨和暴跌式的高潮体验的东西，远远不只有性，甚至可以是整个思维和智力系统，可以是整个看似理性的大脑，这就是我接下来想讲的故事——你的故事。” 于是镙的故事上场了。

8

你的故事

〇

当你进入这个房间看到眼前这些稀奇古怪的设备时，你还没有意识到会发生什么。

“开始吧。”你说。

一

你戴上了 VR 眼镜。

透过眼镜，你看到了一个逼真得如同现实世界的幻境。

你看着这个栩栩如生的世界，心里却暗暗窃笑——这算什么，眼见为实吗？

看得到却摸不到，再真实又能怎样，还不就是幻象？

你现在心里稍微踏实了一些，这不过是下一代更加精致的电子游戏罢了。

你戴上了耳机。

刚才还是如同默片般的世界突然有了声音。

整个世界仿佛伸了一下懒腰，苏醒过来。

你听到了空气的扰动，淙淙的流水，一片树叶缓缓落在地上。

左侧的草丛“唰啦”一声——你急忙扭过头去，看到一个小小的黑影一闪而过。

这才有点意思嘛。你兴奋地左顾右盼，感受着视觉与听觉的双重刺激。

你插上了鼻嗅。

最开始的异物感在闻到如同雨后森林中泥土的清香后，就很快消失了。

“土臭素合成，厉害！”你心中暗暗赞叹。

视觉和听觉有了气味的加持后，变得更加敏锐。

而且，它似乎还激起了你记忆中某些早已遗忘的角落。

空气中充斥着各种复合的气味。

还能有其他更新鲜的体验吗？你已经开始期待下一步的操作了。

你咬住了一个布满电极的口器。

金属特有的酸涩感在一开始布满了你的味蕾，但很快就消失了。

一阵苹果的清香直冲鼻翼，你不禁低下头寻找气味的来源——啊哈，它就在你的手里。

虽然现在还是无法感知到它的存在，你仍然试着把这个数字苹果送到嘴边，然后一口咬下去。

伴随着一声清脆的“咔嚓”声，口器把一些可食用胶体弹射入你的口腔，而你的舌头尝到的竟然是苹果的味道。

你的唾液不受控制地分泌流出。

没有咀嚼，胶状物就被你直接咽下。

这个体验不是太好，这只能说是苹果糊糊，可不是苹果。你皱皱眉头。

不过总算是有味道的了。你决定不再过多深究。

你穿上了包裹全身的束缚衣和手套。

在那之前你还能感知自己的位置，可在穿上束缚衣后的瞬间，你便迷失了。

位觉错失症，你想。这证明了位觉和触觉一样重要。

刚才手中咬了一口的苹果，这下有了真实的触感。

你把苹果拿到眼前仔细把玩，又试着把苹果抛起，再用手接住。

那份震动，仿佛有一个小石子掉在掌心。

你试着继续用力，手中的苹果颤抖起来——是手套在阻止你继续用力——最后“啪”的一声破裂开来，碎块儿滚落一地。

你的手中残存了一些碎渣，同时你还感觉到有类似水流的触感在手掌上淌过。

“这是在模拟苹果的汁水效果吗？”你又一次不满地皱皱眉。

你试着伸出舌头舔舔自己的手掌，口器也在这时适时地喷射了一些可饮用液体进入你的口腔——果不其然，液体也是苹果味道的，很像苹果汁，只是更为黏稠一些。

“继续？”你点点头。继续。

你的颈椎被切开了，电子探针沿着神经索蔓延而上，它穿越血脑屏障，引脚固定在你大脑皮层的特定区域。

当然，以上种种感知都来自你的想象，你的身体已经被固定住，神经信号阻断植入手术中的种种操作，都是由戈多医生自动完成的，这种手术脚本早就在你的模拟机体上跑了无数遍，以确保万无一失。

“是时候了。”你想。真正的体验现在才刚刚开始。

二

你决定体验各种情绪。

在你感知不到的地方，在你的大脑皮层里，电刺激信号被你的脑神经细胞识别为了化学刺激元素，它（它们）如同潮水一般一遍又一遍地轰击着你的大脑皮层，改变着你的认知和情绪。

你没来由地开心起来，眼前的所有一切似乎都蒙上了一层玫瑰的色彩。

你的一举一动都充满了绝妙的意义，哪怕是呼吸都能让你顿悟到宇宙存在的真谛。

你再次低下头，看着手中的苹果碎块，突然领悟了自己是多么爱它，多么爱自己，多么爱这个手中握着苹果碎块并看向它的举动。

你有一点点迷糊，但还是可以发出清晰的指令：“切换。”

你的世界从天堂跌入地狱。

你能清晰地感知到来自外部世界的种种恶意。

它们无处不在，它们深入你的骨髓，你的血液，你的大脑。

它们在你的耳边发出无声的低语，让你放弃，跟随它们而去。

你手中握着的，是一块血淋淋的内脏，它腥臭，蠕动着，还有黏稠的汁水一边渗下，一边贪婪地吸吮着你的肌肤。

切换。

你的感官突然变得无比敏感，一点轻微的扰动，都会变成你耳边的一声惊雷。

你能感觉到自己肠子的蠕动，刚才吃下去的东西在摩擦着你的胃壁。

你的皮肤和织物之间，仿佛有粗大的沙砾滚动摩擦着。

这种巨大的异物感与包裹感，已经超越了疼痛的范畴，变成了主宰你所有思想，阻塞你所有感官的恶魔。

你一边忍受着非人的折磨，一边享受着折磨带给你的异样快感。

切换。

你的包裹感还在，但它不再是异物了，而是爱人温暖的拥抱。

你的内心回归平静，头脑变得冷静起来，甚至有一点点慵懒。

这个世界到底是什么样子，对你来说已经不再重要，万事万物是否有意义，也根本无足轻重。

你只想待在这里，待在这种温暖里，放空自己，解放自己。

你什么都不是，你什么都没有，你愿意把一切都归为零。

你体验着虚无，理解了荒诞。

切换。

切换。

切换。

……

三

逐一的切换远远不能满足你的欲望。

你更希望获得的是作为一个人原本不可能体验到的真正的刺激。

“执行切换同步。”你命令道。

“确认？”确认。

你分裂出了无数个自我。

你离开了“此间”。

你是她。你是他。你是我。你还活着。你死了。你聋了。你瞎了。你欣喜若狂。你悲痛万分。你恨不得马上杀死他。你爱她爱到不能自拔。你在自由落体。你幻肢痛。你牙痛。你被轻轻地爱抚着。你冷。你热。你温暖。你窒息。你饥渴。你汗毛倒竖。你平静沉默。你气喘着。你精疲力尽。你在游走。你在后退。你在嘶吼。你温柔地笑着。你害羞。你小鹿乱撞。你豁然开朗。你自闭。你神采奕奕。你顾左右而言他。你被逗得咯咯笑个不停……

你进入了“彼间”。

∞

“我们还想体验更多！”无数个你通过你之口发出贪婪的呐喊。

你成为“彼间” 中病毒一般的存在，开始不受控制地自我复制和繁衍。

你感知一切，你体验一切，你拥有一切，你吞噬一切。

你化身为电子信号与波函数，你主宰了芯片中的所有算法。

你弥散在“彼间”中的每一个角落，你生成并回应着这个世界所有的反馈。

这个世界的所有存在都是你，你就是这个世界。

你演化成了“彼间”全知全能的神，直到——

-1

你迎来了世界的崩坏。

你最先体验到的是失去了与“彼间”的联系。

你像一个突然被撒了气的气球，“咻”的一下，一边四处乱飘一边干瘪了下去。

你，还有你们，被一比特一比特地删除掉，所有关于你的数据被强制刷入0码清除。

还没有轮到你惊慌失措，你便丧失了一切感官的觉知，陷入了连“无”都没有的虚空之中。

你知道你仍然存在着，但这个存在没有任何输入，也不允许有任何输出。

你唯一剩下的，只有思考，思考着你曾经是一个怎样的存在物。

你没有了时间的概念，刹那就是永恒。

你思考着。

直到探针抽离你的躯体，设备也被一件件取下。

你睁开眼睛，返回现世。

你又是你了，那个人类躯壳下的你。

他们在询问着你的体验，你也观察到你的嘴一张一合地配合着一一作答。

但你心中的那个真实的自我，那个躲在中文屋中回答着来自外界问题的你清楚地知道——

你已经不再是你，你只是困在这具人类的躯壳里。

“这就是‘你’的故事。”镙最后说道。

镙的故事如同一首残破的诗篇，引发了泡泡们的沉默。

“那个……这个你究竟是谁？或者是什么？”铯打破了沉默，小心翼翼地问道。

“谁知道呢……也许是我们的祖先？”镙的语气中满是人类“耸耸肩，两手一摊”这一动作背后所要表达的无奈与唏嘘。

到这里，泡泡们已经对元宇宙的体验做了多维度的分析。而在体验之下，是什么定义着社会中的每个人？“我想分享一个发生在咖啡豆种植园的故事，”泡泡氙说道，“这个故事的核心是——身份。”

9

罪证

NFT、DAO 和去中心化身份

在开始讲述故事前，我先来做个背景介绍。在早期以太坊的发展过程中，NFT 担任了重要的角色。NFT 是相对于 FT（同质化代币）而言的，比如比特币是一种同质化代币，你的一个比特币等同于我的一个比特币。有些东西，虽然有着对等的市场价格，本质却是全然不同的东西，比如我收藏的一张电子相片和你收藏的一幅数字绘画。NFT 可以是任何可交易的数字作品，当他们以特定的方式上链了之后，便可以在区块链网络中进行交易和流转，早期的数字艺术热潮正是得益于 NFT 的兴起。

在 Web 2.0 时代，中心化的社交平台是创作者和粉丝联系的主要方式。平台利用这种垄断力量成为新的控制者，于是各个平台可以在创作者和用户之间创建双向收入。创作者们一直苦于中心化平台的控制，同时不能脱离平台的保护，因为脱离中心视野，未经保护的作品就会被大量复制和传播。

对数字收藏品进行所有权确认这件事情，在传统商业里并没有很好的解决方案。如果你是创作者，为自己的作品创建一个 NFT，就证明你拥有了这个作品的著作权和所有权，并防止了篡改和伪造。加入了 NFT 签名的作品，摇身一变，就成了独一无二的“原版”。这样一来，数字艺术品就有资格像传统艺术品一样，进入流通渠道了。

自由流通的意义重大，比如在版权领域，生产商就不用再预先支付一大笔版权费，而是在平台每卖出一件授权，系统就自动给版权方结算一件的授权费。等于是把 IP 授权从批发模式改成了零售模式，计件收费，让中小生产商也能低成本使用优质 IP。同时，也能让更多新锐设计师的作品被看见、被使用，让设计师获得更多收益，这样就打通了创意产业的商业闭环。所有权转让出去后的每一次转手都有不可抹除的痕迹，而且每一次转手你都可以获得分成。消除寻租中介，实现精细的价格分层，让用户成为所有者。无论是看起来多么小众的创作者，现在都可以找到他们真正的粉丝。

于是，越来越多的 NFT 交易平台诞生了，其中最知名的便是 Opensea。后来，人们结合 FT 和 NFT 等技术，尝试了各式各样的想法，人们将原有的电子游戏的经济系统上链，将角色变成 NFT，于是有了 GameFi（使用去中心化金融的游戏）的浪潮；将社交行为结合 FT 和 NFT，于是有了 SocialFi（使用去中心化金融的社交）的浪潮；将原有的公司、社会组织、非营利机构等集体借由 FT 和 NFT 的方式进行去中心化的共治，于是有了 DAO（decentralized autonomous organization，去中心化自治组织）的浪潮。

接下来，我来展开讲一讲 DAO。DAO 全称中的每一个词都可以用多种方式来解释——

组织（organization）。

DAO 是一种组织结构，它的愿景是：为了保证共同目标的实现，任何参与者都可以通过可预期的路径，获得对组织的大小事务的影响力，包括获得影响力的路径。通常，成员使用治理代币对组织事务进行投票，而且成员的影响力和他为组织做出的贡献成正比。同时，正向的影响会获得成比例的奖励，以此保证成员的影响力用在正确的方面。

自动化（autonomous）。

自动化指的是组织的操作规则体现为智能程序，这意味着当触发指定的条件，它们会自动实现。而不是像传统组织一样必须经过人的解释。

业务自动化通常被想象为“机器取代人”的过程。然而，DAO 是一种相反的思路，用技术取代管理，从而将人们聚集在一起并朝着共同目标努力。想象公司在没有管理层的情况下如何运作。

去中心化（decentralized）。

为了使操作规则的自动化和安全执行有效，它们必须在公共的、无须许可的区块链上运行。不能被国家或另一方接管，因为它没有围绕高管或股东组织，也没有权利集中在他们周围。

必须使用区块链网络的原因是：传统软件无法直接处理资金，而是只能将订单传递给金融机构。使用公共区块链可以将加密资产置于 DAO 的直接控制之下。

当然，形式只是表象，摒弃层级秩序，探索新型技术条件下的可能结构是 DAO 的本质。它远远称不上完美。它有 4 个难以解决的问题——

· **低效的扁平**

去中心化组织意味着没有明确的权威人物。任何人都可以参与投票、资助项目和参看资料。通常这样的决策需要更长的时间，因此整个组织的行动会变慢。

· **有分歧的愿景**

来自世界各地的 DAO 成员都在做贡献，好处是参与 DAO 的门槛远低于公司。但也意味着来自各个方向的想法左右着社区的脚步，当出现强烈分歧时，组织可能会一分为二。

· **金钱导向中心化**

社区代币是组织影响力的具象，但通过外部资源购买代币和通过早期贡献获得代币的这类不再做贡献的人主导组织的事务时，会造成和传统组织一样的官僚化现象。

· **全面合作或庞氏骗局**

去中心化治理可以为每个参与者提供很好的激励机制，并使他们以金钱的方式参与到社区的建设中，但这与集资之类的金融骗局仅有一线之隔。

当然，不要忘了的是 NFT、DAO 等等这一切，本质上围绕着去中心化身份，这个去中心化的身份正是你在元宇宙世界的化身，而阿炳很不幸，他遭遇了一个前所未有的直系身份的挑战。

证明我不是我

突然有一天，阿炳被全民讨伐了，因为他被曝出是一场极其重大的隐私侵犯事件的元凶。全球最大的NFT交易市场Opensea上出现了三万份私密影像，其牵连范围之广、性质之恶劣几乎可以说是绝无仅有。所有的内容被精心归类，放在一个名为“人民艺术”的合集内，每一份都是上链的NFT，标出了对应的以太坊价格，并且交易已经无可遏制地发生，整个系列的地板价已经迅速抬升至了0.5个ETH（以太坊的简称），时价约合2300美元。

一股肆意弥漫的愤怒情绪在网络世界中持续发酵，阿炳被“人肉”了，就连他住的一楼公寓的门窗上都被涂鸦满了不堪入目的咒骂。

阿炳赶紧找到他懂技术的好哥们儿一啸帮忙，竟发现这些被铸造成NFT资产的私密视频发布自一个地址，而这个地址就是多年前穷困潦倒的阿炳为了生计出售给别人的。

原来，两年前，退伍后的阿炳陷入了精神抑郁，处境窘迫，在卅龙城街头风餐露宿。迫于生计的他出售了“身份证”——他的某一个链上地址的私钥。当时他思考再三，觉得这个地址没有什么对应的有价资产，没有数字货币，没有NFT资产，没有数字契权证明，只是一个空地址，随时可以重新创建一个新的。但他却没想到，由于该地址关联的一个通信应用的行为数据并没有上链，也就没有被去中心化加密管理。于是黑客通过某些方式获得了这些社交行为数据，并且在互联网上公开做了详细的推导，仿冒阿炳，说这就是阿炳本人的所作所为。

阿炳意识到自己深陷泥潭，一时慌了神儿的他赶紧在社交媒体中回复说这不是自己，这真的是误会，他是被陷害的。他和盘托出了当年出卖加密身份的痛苦经历，但只有寥寥数人相信他，多数人都是一阵狂喷，认为这不过是凶手给自己找的托词，演的一手好戏罢了。

随着“人民艺术”系列的价格被疯狂炒高，Opensea顶不住舆论压力，屏蔽了相关内容在其网站上的显示。实际上Opensea更像个前端，这些在公链上的 NFT 很快出现在各种第二梯队的交易市场，甚至专门有人为此系列开发了开源的前端界面，更进一步造成事情的持续发酵。可以说，只要公链活着，这些 NFT 资产就永远在那里敞开着，允许每个人访问。

无可避免地，阿炳被起诉了。原告是受害者组成的联盟。

在法庭上，因阿炳有着一啸和一个律师朋友的鼎力相助，也因现有法律框架对此类案件相关规定存在空白，原告的辩词并没有被马上接受——法院给出的理由是：因案件特殊，对新技术监管缺少现有法律框架支撑和判例参考，因此暂时无法给出判决。

能够在法庭上自证清白的机会也没有了。扑面而来的网络暴力将阿炳团团围住，压得他喘不过气来。祸不单行。没想到傍晚时分，阿炳的纳信账号又被黑了。纳信账号要求实名注册，全国范围内几乎所有人都在使用。纳信账号代表着在这一波 Web 3.0 浪潮之前的，在现实世界中的数字真身。

这下可好，纳信账号中的“阿炳”发了一条朋友圈，说 8 小时后，他会给“人民艺术”系列 NFT 的发布地址转账，转账金额经过加密算法，当前就连“阿炳”本人也不知道。对应的转账金额由部署在以太坊上的合约自动执行，与此同时，合约还应用了一个新的跨链机制，将有一个和链上合约相同步的孪生备份实时映射在链下运行，二者数据同步。届时，这一金额会在同一时间由此纳信账号公布，代码全都开源，随时欢迎能人志士检阅。

阿炳看得云里雾里，只知道情况非常不妙，他犹如身陷流沙，越挣扎越下沉。真希望这个阿炳能有对面那个“阿炳”这般能耐，好在这个阿炳依然没有放弃希望。

“零知识证明，”一啸说，“一个区块链开发领域的惯用伎俩，在不暴露身份和其他信息的情况下，他即可以证明你是你。但是用在这个地方，他显然是在移花接木。但我相信这些被情绪冲昏头脑的网民，根本注意不到这一点。

你很危险。”

“我该怎么办？”阿炳急切而痛苦地问道。

大家沉思了许久。

“元宇宙的栽赃，就交给元宇宙去审判吧。”一啸提出这个看似不着边际的激进想法，但经过一番探讨，他们也只能这样豁出去了。

Court DAO

一啸发动了他在开发者社区的力量，他们将真相一五一十地列明，细节到每一个地址，每一笔交易，每一次转账，每一条加密通信的发生时间。没料到，技术社区中还有不少人相信阿炳的清白，他们将所有的信息开源，在社区协作中不断得到补充和完善，他们相信身正不怕影子斜。

随后，一个声名远扬的技术专家挺身而出组织起了整个社区，这个为阿炳正名的队伍也涌入了越来越多全球范围内的支持者。其中有几个核心人士提议，我们可以发起一场网络世界的全民公投，让阿炳为自己正名，让每个有效的去中心化的地址都参与投票表决。当然最后的判决没有法律意义，也不具有强制执行力，但他们相信这次行动可以还阿炳清白。

这成了 Web 3.0 革命爆发以来的第一场世纪大判决。后来，这个社区进一步发展，成了 Court DAO——一个企图在元宇宙世界，提供去中心化判决的组织。然而Court DAO后续的发展道路漫长而曲折。把案件信息披露在网上，让每个人都可以去自主深入研究，会不会形成一种新的网络暴力？基于加密地址的全民公投是否真的能检验是非对错？裁决的效力如何实现？这些问题让他们来回拉扯，而为了让裁决可行，他们甚至发布了一套自己的稳定币系统，主要由一些 Web 3.0 世界的巨鲸捐献，Court DAO 则会为捐献者们提供以示感谢的 POAP 勋章。这些勋章代表了一个人对去中心化社会公共服务模式的支持。他们利用自己的稳定币储备，为受害者提供赔偿，但却无法限制真正的作恶者逍遥法外。

公共服务和社会正义如何以一种去中心化的方式运行？Court DAO 的实践为整个 Web 3.0 领域提出了本质的追问。时至今日，这些问题还没有圆满的解决办法，更多只是一些临时可用的维权方式，缝缝补补拼凑在一起。

“路漫漫其修远兮，吾将上下而求索。”

氪结束了他的叙述。

“关于‘身份’，我想分享一个发生在咖啡豆种植园的故事。”泡泡氙接着说道。

12 个单词

12个单词

这是一片北回归线上偏南的高地，夹在两大洋之间，宛如地壳的小蛮腰。三座壮观的活火山——雅威、雅克尼鲁和维拉兹在高地中间猛然凸起，弄皱了地壳，也让这片富饶的火山岩之地多了几道沟壑。休眠期火山口的一大汪池水沿着沟壑流下，穿梭在热带高地与山坡间大片大片的咖啡林之间。

全年气候炎热，雨量丰沛，肥沃的火山灰土壤，略带坡度的易排水地形，加之每天清晨萦绕的雾气，使格拉米勒地区成为咖啡生长地中的不二之选。

22 岁的夸莉是咖啡种植园的劳工之一。这里的咖啡种植园长期被跨国农业集团所控制，虽然有着全球颇负盛名的精品咖啡豆，但这片土地上辛勤工作的劳工们从来没有享受过如这里富有诗意的生活。近年来，格拉米勒的贫困率一直居高不下。

9 月初是东南方整片咖啡林成熟的时间。夏秋之交，降雨稍稍停歇，给了阳光更多普照的机会，因而这一波的瑰夏咖啡口感往往最为香醇。前些天，他们没日没夜地将全红的咖啡果采摘下来，这几天需要将这些咖啡果在晒床上全部铺开，在阳光下每隔几个小时翻动一次，直到全干；红彤彤的果皮全部变成褐色，然后将它们全部装进大铲车，直接运送给农业公司。劳工们无心知道这些咖啡豆后来又在周围的哪个小国经过了多少道繁复的手续，最终被发往世界各地最高端的咖啡货品集散市场。

夸莉和其他所有的种植园工人住在山坡下的简易房中。说是简易房，其实更像是一堆棚户。因为原有的住宿空间根本不够，于是大家给瓦楞钢板外面加了层层叠叠的防水篷布，夸莉和她那 3 岁的女儿住在其中的一间篷屋内。她女儿出生的时候，丈夫已经离去，留下她一人将女儿带大。她带着女儿在这个种植园工作了 3 年，也把这里当成了她起居所在地和生活的中心。虽然夸莉年纪不大，但她的工龄在这里是最长的。她为人善良，其他人遇到问题也总是向她求助。

虽然不知道未来会是怎样的，但她知道她要保护好女儿，诚实待人，认真工作，然后乐观地拥抱这个世界。

有一天，种植园的经理把她叫了去，说有个很重要的人想见她。她背上女儿，坐上了经理的三轮摩托车，驶出种植园。一路上，一辆辆大货车满载着打包好的咖啡豆和他们并排行驶着。

他们在一个卸货区的停车场下了车，经理带着她们走到了停车场的另一面。那里停着一辆不起眼的商务车，还没等他们走到，司机便下了车，打开了后排座位的车门，然后径直离开了。司机走过他们时，很友善地说了一声：“很高兴你们这么辛苦地过来，戴维先生想和夸莉单独聊一聊。”

她一时摸不着头脑，却见后排的一个男士也下了车，五六十岁，热情地和他们打着招呼。他就是戴维。

“我女儿一起过去吗？”她问道。

“哦，当然当然，请便。”司机回答道，还比了一个“请”的手势。

“你好！”戴维再次向她们招手。她犹豫了一下，然后继续背着女儿往前走去。

“你好，我是夸莉。”她很友善地回应，语气中透露出好奇。

“你一定很疑惑，不过别担心，我想和你商量个事情，我需要你的帮忙。”现在只剩下了母女二人和戴维，女儿很乖，没有怕生。戴维环顾了四周，仿佛没有找到什么合适的地方，于是说：“不如就在我的车上聊吧。”

她上了车，没想到这辆不起眼的商务车后排是个小型会议室。他们各自就座。

“简而言之，我是乔治·爱森堡集团的创始人，大家都叫我戴维。我们从农业起家，咖啡只是其中一项业务，后来我们也拓展了其他业务，成为一家覆盖各类大宗食品的全产业链公司。”

哦，原来这就是食品跨国集团。她原本以为这些跨国集团高管高高在上，冷酷无情，却没想到创始人本人全然没有给她这样的感觉。

“我们积累了很多财富，但是我的身体状况出了问题，我得了癌症。别看我现在看上去挺健康的，但医生说我的病情很可能会在6个月内急转直下。看上去现在这个世界，依然没有治疗癌症的方法。”他说着，脸上丝毫没有怪罪之意，甚至看不出一点遗憾，他身上散发出一种富豪阶层谦逊、不羁和优雅的气质。

“当然，我绝大部分的个人资产其实都放在区块链上，我持有非常多的大宗虚拟货币。目前，在这个时间点，我已经安排好了我的遗嘱——我设立了一个家族信托，当我肉体衰竭之时，合约会执行，将我各种资产如约转送到相应的地址。但是，我发现还有一个东西，那就是我的个人数据，包括我的隐私，我的各种行为的记录，我曾经的所思所想，我做过的正确的和错误的事情，我的喜悦与悲伤……说实话，我不想让这些东西被我的家人知道。他们要是盗用了我的这些数据，还不得把我包装成‘鸡汤商业教父’？那简直惨不忍睹！所以我在很多很多的人当中挑选，挑选合适的保管者，于是找到了你。”

“挑选？选中了我？”夸莉话说了一半，但戴维早就猜透了她的心思。他只是微笑着，默而不答。接着，他从口袋里掏出了一个 U 盘一样的东西。

“这是一个硬件钱包，也就是保管了我的那些个人数据的唯一存证，我希望你好好保管。这个硬件钱包有个 12 个英文单词组成的口令，只要这些单词按顺序排列，就可以在系统核对上之后访问整个硬件钱包，而硬件钱包里面，则通过物理加密，存储着区块链上我个人数据的访问密钥。这 12 个英语单词，麻烦你好好记下来，最好倒背如流，并且永远不要告诉其他人。直到很久很久以后，或许有人会来找你，那个人会和你核对这 12 个词当中的后 6 个，如果对得上，那就请你把这个硬件钱包放心地交给对方。”

夸莉仔细听着，若有所思地点点头。她怀中的女儿则好奇地瞪着眼，凝视着戴维的脸庞。

“哈哈，你可能还是搞不懂我这葫芦里卖的什么药。其实我已经将我的全身数据全盘扫描，到时候还会保存下这个物理层面上的实体大脑，”戴维指了指自己的脑袋，“如果未来科技发展良好，那我便有可能在某个时间点醒过来，以物理的或是虚拟的形态尝试找到你，重新寻回我的数据。我不觉得家人或是其他数据存证公司适合做这件事情，于是我找到了你。当然，到时候，我会给你与之相称的回报——对你来说，应该足够多，但得等到那时候，而不是现在，这是我的决定。当然，你要是接下这个任务，我还是很乐意在现在提供一小笔酬金的。”

正如戴维所料，虽然夸莉对加密世界毫无概念，但还是应允了这个任务。

她总是将这个小小的硬件钱包带在身边，形影不离。她也将那12个单词倒背如流，甚至在梦中都能准确地按顺序默写出来。此外，她还是一如往常，继续在那个种植园夜以继日地辛勤劳作，住在篷布做的屋子里。而咖啡树的枝头已经开出新一轮的花朵，花紧挨着，长满了整个枝条，宛如穿着毛衣的小孩伸展开的双臂，飘散着一种近似茉莉的淡淡香气。

有一天醒来，她突然发现枕头下的硬件钱包不见了。来回翻找无果后，她经过四处打听得知，他们的住处昨晚失窃了。

她一下子紧张了起来。她几乎找遍了整个居住区，那U盘一样的钱包依然没有任何踪迹。她一整天魂不守舍，直到有个小偷被人揪了出来。她赶紧跑去质问U盘的下落，他说被他在另外一个种植园门前的一个小集市上卖掉了，买下赃物的应该是那个露天网吧的小老板。

于是，她背起她的女儿，沿着略带坡度的咖啡林前方的小路径直而去。现在中午刚过，经过一上午的辛苦劳作，不少工人刚刚吃过午饭，正稍稍享受着这短暂的小憩时刻。露天网吧人满为患，人们挤在几台破旧的台式机前，用背影挡住了身后刺眼的阳光。而在另一侧的简易货柜上，她果然看到了那个硬件钱包。她本想悄悄把它偷回来，但想了想，还是径直走到老板面前，准备理论一番。她想把它要回来，但小老板死活不肯，“你知道我为此花费了多少钱吗？”对方叫嚷着，另外一边的大汉纷纷望向这边。她带着女儿，深感处境之窘迫，考虑再三，还是气愤地用重金赎回了那个其实无法当作U盘来用的“U盘”。

回去的路上，她闷闷不乐，而天公也不作美，竟然毫无征兆地电闪雷鸣，下起了暴雨。这一切仿佛映衬着她的心情。她咬着牙，闷头走路，穿梭在咖啡树成条成条的花串之间。为了防止女儿淋雨，她把女儿紧紧抱在胸前，还脱下了她的薄披风, 盖在女儿头上。她从一侧的小山坡一路往下, 穿过下方的小河谷, 走上另一片山坡, 打算回到她的营地后, 找那小偷算账。

火山灰化作的泥土肥沃而疏松, 有着极其显著的排水效果, 因此河谷的水流一下子变得湍急起来。她循着水流中的一块块卵石, 深一脚浅一脚地向对岸走去。她突然一不小心跌倒, 整个人往水中倒去。

“啊! 我的女儿! ”她一声惊叫, 赶紧抱起落入水中的孩子。女儿哇哇大哭起来, 浑身湿透, 而她的披风则被激流向下游冲去。她一边哄着女儿, 一边赶紧脱下女儿身上的湿衣服, 然后高举在胸口, 边走边游地向岸边奔去。

倾盆大雨中, 女儿在啼哭, 夸莉在自责。天空在电闪雷鸣, 河流在奔涌, 咖啡树林在散发花香、茁壮成长。

她回到自己的篷屋, 安顿好了女儿, 怒不可遏地打算找小偷算账之时, 突然发现拴在腰间的 U 盘钱包不见了。她驻足在暴雨中, 浑身颤抖, 半晌过后, 终于放声大哭起来。

她的朋友们赶紧给她找来了干衣服, 把她抱进屋内, 安抚起来。

“妈妈, ”她女儿突然望向她, “你找这个吗? ”她用幼稚的声音说道, 手里握着那个小小的黑色 U 盘。

转眼间 3 年过去了。她离开了这个种植园, 在镇上的餐厅做过服务员, 也在货运公司做过叉车司机, 现在又在一家香料加工厂工作。女儿逐渐长大, 已经开始帮助夸莉分担工作。她一直随身携带着那个 U 盘, 仿佛这是她身体的一部分。同时, 那 12 个英语单词在她脑海里记得越发深刻, 甚至连她自己都在怀疑, 这些单词兴许在经过某种特别的解读后, 预示着上天给她的某种启示。

这几年间, 世界发生翻天覆地的变化, 人类历史上第一场火星载人航空行动开始了。在高科技太空商业公司特里达公司的发起下, 10 位勇士作为先驱者, 离开了地球, 踏上了飞往火星的漫长旅程。但是, 这些动静并没有影响到夸莉的生活，格拉米勒依然还是那个格拉米勒，经济作物种植业、跨国集团、贫困、劳作、间歇性的火山喷发……一切依然是之前的样子。

在她和女儿的努力下，她们的生活有条不紊地向前迈进，虽然辛苦，但母女二人依然感到充实而快乐。女儿白天在当地的小学上学，晚上则帮妈妈做一些零工。

有一天，女儿生病了，高烧不退。夸莉陪着女儿，从当地的小诊所一路转到市区的大医院。女儿患的是一种新型流感，会在短时间内让宿主身体受到高强度的攻击，并且恢复缓慢，甚至还有不低的致死率。在接下来的好几周里，夸莉放下了工作，在医院悉心陪伴在女儿身旁。万幸的是，女儿撑过了最危险的阶段，正在缓慢地恢复过来。但巨额医药费掏空了她这几年的积蓄，她从各种亲朋好友那里借来的钱也用完了。

她一筹莫展，仿佛自己再次站在那个暴雨中的河谷溪流中央，落水的女儿浑身湿透，正在号啕大哭，她却无能为力。

“对！U 盘！这个叫作钱包的东西！这里面到底有些什么？我为什么整天带着这个东西？戴维那天说了什么？他现在已经去世了吧？过去 3 年多了，他当时说自己 6 个月内就会死去。这里面是什么东西？什么是他的个人数据？一个大富翁的个人数据？他究竟为什么要选择我？”

一连串的问号如机枪子弹般发射出来。她的确从来没有仔细思考过这些问题，她觉得自己只是一个保管东西的人，诚信、靠谱、善良。“但那 12 个单词又是什么？为什么戴维要告诉我全部的单词？他来找我核对的时候不是只要后面 6 个吗？他为何要把这 12 个单词全部告诉我？这里面究竟有什么？这东西，能够救我女儿吗？”

她思来想去，犹豫了好几天，最终决定前往附近一家小网吧。她不知道这个东西怎么使用，于是在网上大费周章地查询了一番。在经过多次尝试后，那个钱包上的小小屏幕终于显示了“连接畅通”。钱包里面有个默认的程序，在进入后，提示需要输入密码，而密码正是 12 个单词。夸莉需要在一大堆词语中，选择正确的单词，并按顺序填入 12 个位置。她选择了第一个，点击确定时，心头为之一紧。没有提示对错，紧接着是第 2 个、第 3 个……一直到第 12 个。她一边抵抗着内心的谴责一边输完了密码，她感到汗水从手心里流淌下来。

“确定。”她一鼓作气，按下了按钮。

“正确。”

“请输入第二组 12 个单词的密码。”

第二组？什么？还有第二组单词？不是只有 12 个吗？她忽然意识到事情有些不对劲，心脏一下子提到了嗓子眼。

“请输入第二组 12 个单词的密码。请在 29 分钟 42 秒内完成密码的输入。”

她觉得脑中一片空白。她觉得此刻的她，仿佛正是那个偷窃了 U 盘的小偷。

“请输入第二组 12 个单词的密码。请在 29 分钟 18 秒内完成密码的输入。”

她试着将第一次的词语输入进去。

“错误。”

她感觉自己就要完蛋了。女儿还在等着她，可她该怎么办？

她将词语换了个顺序重新排列。

“错误。剩余尝试次数：6。”

“请输入第二组 12 个单词的密码。请在 25 分钟 53 秒内完成密码的输入。”

她额头上早已挂满豆大的汗珠。她把钱包一把从主机上拽下来，力气大到几乎把机箱从桌上扯下来。

重新连接，重启钱包。

“请输入第二组 12 个单词的密码。请在 18 分钟 26 秒内完成密码的输入。”

此时的她像一只泄了气的气球，绝望地瘫软下来。

她等着倒计时结束，仿佛这是个定时炸弹。

“计时结束，未能有效输入密码，数据已销毁。”

夸莉回到了医院，心里惴惴不安。她的一个朋友正在找她。“我听说你女儿生病了，我猜你应该需要钱，这时候恰巧一个人找到我——他不愿说自己的名字，但是给了我这些钱，让我转交给你，这些你可以先用着。”对方塞给了她一大笔现金，简直是雪中送炭。她哭了。在谢过朋友和那个神秘的善人后，夸莉再次守在了女儿身旁。那个密码和钱包，仿佛已成为前世的记忆。

夸莉曾经一度非常自责，但女儿的康复带她走出了内心的阴影。她女儿依然时不时地会拿走她的那个黑色钱包，但她完全不在意。不知为何，女儿很喜欢这个不明所以的小玩意儿，因此她甚至将钱包直接给了女儿保管——它成了女儿成长过程中最喜爱的玩具。

5 年过去了，女儿的小学举行毕业典礼，女儿作为优秀学生代表在台上发言，台下的夸莉欣喜而激动。

女儿学习成绩优异，学校的教务主任曾经找过夸莉，说她女儿在自然科学和信息技术上特别有天赋。但格拉米勒教育资源非常有限，不少她女儿自己捣鼓和探索的东西，已经超过了这个地区基础教育的老师能驾驭的范围。“你可以考虑一下加尔德国——那个新兴的群岛国家，有着世界最为一流的现代信息教育体系，那里的教育资源才匹配得上你女儿的才华。”教务主任曾如是对夸莉说，“不过，去那里的话，得注意一下人身和法律层面的风险，并且还得准备一笔不小的费用，因为那里顶尖的私人学校，价格昂贵得离谱。”

毕业仪式结束后，女儿跑过来，跳入了夸莉张开的怀抱。“妈妈，门外有个叔叔找你。”在她举起女儿的时候，她女儿说道。

夸莉走出门，只见一个年轻小伙，问她是否方便找个地方交流一下。她以为是其他学生的父亲，于是便和他走了出去。

那人报出了后6个单词。

夸莉一愣。完全正确，是后面6个！她没想到，这12个单词居然能在她头脑中留下如此长久的记忆。但是，我究竟对钱包做了什么？——夸莉在头脑中质问自己，她觉得她的记忆模糊了。戴维先生这么快就复活了？他竟然变成了眼前的小伙子，栩栩如生，毫无异常！

“哈哈哈别误会，我不是戴维。我只是受他嘱咐，用这6个单词来找你。”小伙子很客气，也很友善，让他想起了那天见面的彬彬有礼的司机。

夸莉从女儿手中拿过了钱包，再次坐上了车，然后坐上了私人飞机，但这次只有她一个人。她对女儿做好了交代和嘱托，因为她不知道未来会发生什么。

戴维躺在病床上，靠许多机器维持着生命。十几个医护人员构成的团队正全天候守候在戴维身旁。

“夸莉，你来了！”她刚走进房门，就听见戴维的声音，然而戴维只是躺在病床上，斜着眼微微望着夸莉。嗓音是由计算机合成的。

“我病情的恶化比预料的慢了很多，但最终我还是要走到这个世界的终点。”戴维说得很慢，以至于合成的时候更像是一个个独立的且不连续的单词。

“哈哈！还记得我之前给你的钱包吧，相信你一定还好好保存着。因为你是个诚实、善良、有爱、勇敢的人。其实上一次我来找你的时候，更像是一个测试，我其实找了很多人，我想看看究竟谁才真正靠得住，能够在我死后，妥善地保管我的数据，保存我的秘密。我猜，你通过了这个艰难的考验。你马上就会获得对得起你这些付出的回报。不过这几年，我的想法也发生了一些转变。既然我选择在未来的世界里重生，那我又何必如此在乎现在这些数据呢？如今的这些林林总总的玩意儿，又有多少经得起历史的推敲，对未来起着真正的帮助呢？于是我想，不如永远地放弃那些数据，不要让别人知道，也不必让自己惦记着。

但这几天，我想得更明白了，既然已经经历了完整的人生，又何必这么纠结于这个世界呢？我很富裕，很满足，很享受这个生命的过程，我为世界做出了贡献，当然也可能做出了不少的破坏，是非功过，不是一个人能够简简单单给自己做出评价的。我觉得疾病，比如我这癌症，其实也是一种解药，它就是我的钱包，是我的密钥，带领我走入新的阶段。我必须学会忘却，毕竟忘我才是真正的新的开始。我不打算再留下我的大脑什么的了，我觉得也没有必要一直保留着这些东西，就让它们全都随风消散吧。”

“你是说，我通过了考验？”夸莉有些战战兢兢，不知所措，思索了好久才斗胆问道。

“其实你不该问的，”戴维看似是要批评，却没有丝毫不悦，“确切地说，我只是单纯觉得，你应该得到这份酬劳。我看开了，想法变了，抑或只是对这个世界厌倦了。你是我选择的所有人中，最让我有印象的，我很喜欢你的故事，我希望你能继续勇敢地走下去。夸莉应得一个美好的生活。”

最后一句，像是戴维在自言自语。

“富豪面对重生的机会，最后却选择了自然而然地死于癌症。有意思。”泡泡砹品味着。

“哈哈是啊，这就是人，这就是人类。一生最重大的决定，不过是转念之间做出的。用人类作家米兰·昆德拉的话来说，这便是‘不能承受的生命之轻’。”氙说。

“真的只有人类会这么做吗？”砹仿佛是在提问。

“啊，你是说——”氢醌醐灌顶。“没错。我们为什么会在这里？因为‘一’看到了‘大崩溃’。”砹说。

“可是，这说不通呀！”铼很困惑，“‘一’努力地寻找答案，因此才会有那些计算精灵，因此才会有我们出现在这里。”

“身份。瞧，我们一直在讨论它，因为身份是最接近源头的自我指代，是自我认同，是‘我在’。”砹回答。

所以，“一”的身份是什么？他和“大崩溃”又有什么瓜葛？泡泡们无不想着，迷思笼罩在他们之间。身份，真相，元宇宙，大融合，大崩溃……有好一会儿，泡泡们都没有说话。“倒不如，我再来给大家讲讲我的见闻，我看到的是另一种贪婪，人类在虚拟世界中对于无尽可能的索求，以及过犹不及的迷失。”半晌，锕跳出来，打破了平静。

1

过犹不及

“你这次不能上场打拳了，至少这次不能。”趁着夜色和酒精，教练涨红了脸说道。他低头摇晃着酒瓶里没喝完的底酒，液体撞击着瓶身，宛如浪涛的声音。

教练指了指休息室亮着的一侧角落，一个贴着封条但不怎么起眼的纸箱，“这就是你需要带上的东西，很简单，只是一套模拟设备罢了。不，不是假拳，你不要用这种眼神看我。都是打拳，哪里都一样，只是因为现场设备损坏，可能会影响拳手们的发挥。咱们比赛的主办方不希望由于场地原因而落人口实，也不希望让宝贵的拳手们有任何的闪失。”

乔朝地上啐了一口，看了眼教练，忍住没骂出声来。“我们从倒数名次打到现在的冠军赛，打了十几场比赛，从来没听说过有这种事情！”

“我们从倒数名次打到现在的冠军赛，打了十几场比赛，怎么这次……”

乔转头盯着教练说道。

“主办方极力要求，估计是一些不可抗力吧。”教练摸着早已闭合的断指关节，低着头。乔看不到他的眼睛，在厚重的夜色里似乎看到教练有一丝稍纵即逝的无奈。

“你去看看设备吧，明天你会戴着它完成一场精彩绝伦的冠军赛，超越以往所有的比赛。”乔从拳击台的围绳上直起身来，翻下台去，径直向休息室走去。

从底层爬上来的他们，连包下一个室内勉强看得过去的训练场地都捉襟见肘，只得在郊区一处废弃的露天拳击台驻扎下来，在旁边搭了一个简易的棚屋作休息室。乔早已习惯了地下拳场的简陋，他不在意练习时的风雨交加，不在意陋室里频闪的吊灯，不在意夜晚只能在月光下练习。他只有一个原则：不再打假拳。

乔扯开纸箱上的封条，里面只有一个亮黑色的全包头盔，乍一看平平无奇，仔细来看头盔内侧有着斑斑点点的金属接点。“这算什么模拟设备？”乔拿起头盔掂量了一下，还有些分量，“用它做摩托车头盔我都嫌重呢。”

“明天你只要戴上它，就可以进入模拟拳击的世界了。说多了你也不懂，等明天开打你就明白了，早点休息吧。”教练没有接腔，也从拳击台上翻身下来，却一不小心把酒瓶摔在了地上，碎玻璃划破了教练的小腿。“没事没事，碎碎平安，喝多了手都有点不稳了。”教练摆摆手，又低声自言自语道，“这可能就是天意吧。”

乔第二天清早又是雷打不动地高强度晨练。睡前他想了很久教练的话，甚至想起夜去试一下那个亮黑的头盔，但他还是决定相信教练，不再继续想了。教练把他从地下拳场里解救出来，给予了他合法的身份，带着他达到了从不敢想的位置——全国联赛的冠军争夺赛上。虽然教练酗酒、聒噪，还有赌博的坏习惯，但至少对他很好。

乔绕着小镇跑了一圈，路上的居民们都热情地向他打招呼，甚至有小孩朝他欢呼，齐声高喊着“冠军”。乔看到他们也笑着停下来，挥了一套组合拳，刺拳冲击空气的声音让孩子们更加兴奋。回到训练地，乔顺手扯下拳击台上挂着的毛巾擦了擦汗，推门走进休息室，桌上还是齐齐地摆着热气腾腾的鸡蛋、牛奶，和一大盘过咸的炒蔬菜。和平日一样嘛，乔心里念叨着，拉开凳子吃起了早饭。

力量训练，步伐练习，模拟对抗。在当日的日常训练结束后，教练把乔叫到了房间。教练似乎给这棚屋换了灯泡，房间显得亮堂甚至有些温暖。不大的房间里多了一张躺椅，侧边的桌子上摆着昨日看到过的头盔。教练示意让乔过来坐下：“可以开始了，只要戴上头盔就可以了。”

“至少让我戴上拳套吧。”乔笑道，去外边取来拳套戴上。教练点了点头，给乔戴上了头盔，让乔放松地半躺在椅子上。乔刚躺下来，听到一声轻微的拨动开关的响声和模模糊糊一串电流的声音，紧接着就短暂地失去了意识。

乔从拳场的另一侧走进来，朝着观众们高举着右手，向热情欢呼的人们示意。强烈的聚光灯打在乔身上，晃得乔有些头晕，突然他呆住了。“我什么时候到了这里？”乔自言自语道。他想起了刚刚扣上的头盔和教练说的话。原来这就是模拟拳击？乔暗暗吃惊。他收回了右手，盯着鲜红的拳套有好一会儿。拳套皮革的味道，汗水的味道，强光宛如烧焦的味道……乔确信他就在拳击比赛的现场，这一切都太熟悉了。乔虽然不知道这一切是怎么做到的，但他还是径直向前走去，登上拳击台。

乔的对手沙克是名能力极为全面的选手，力量极大却又不失灵活，冷静而鲜见失误。乔和教练曾讨论过对抗他的策略，几乎无从下手，乔只能凭借稳扎稳打，伺机而动，等待沙克犯错。乔和沙克在赛前曾比对过力量参数，乔体能力量略负于沙克，但是灵活度上乔还是有一些优势。乔看向沙克，也在他眼里看到了吃惊与迟疑，他对着乔摇了摇头，表示他也一无所知。

在主持人激昂的一段介绍后，全场的气氛被充分调度起来，观众开始歇斯底里地呐喊。裁判在这火热的气氛中一声令下，比赛开始了。乔跨步向前，但步履维艰，好像陷入沼泽一般，台面像流沙一样把乔紧紧抓住。乔经历过成百场拳赛，不乏人满为患的现场拳击，却从未像这次一样。乔感觉周围有密密麻麻的眼睛，从黑暗中看着自己，金色的瞳孔闪着炽烈的目光，灼热且急切，黏黏糊糊地布成一张视线的大网向乔罩来。乔知道这种感觉，是失控的紧张，但却从未来得这么强烈。

“冷静下来。”教练的声音在耳畔响起，本能的双耳效应让乔朝拳击台的另一角看去，却看不到人。乔似乎还有些慌张，但教练的话如同咒语般把他从负面情绪的泥沼中拖出，之前的迷茫与紧张像退潮一般渐渐消失，却没有在意识的沙滩上留下任何痕迹。乔从未感受到过如退潮之快的情绪，过于不自然的情绪波动让他心生恐惧。乔走到裁判身边，摆起架势，却眉头一皱。他突然不能理解，刚刚为什么自己会对情绪波动有所疑惑，随后这种不理解也烟消云散。乔的眼睛里只剩下了对手。

两边的选手相互谨慎地靠近，刺拳试探。沙克率先发起了猛烈的攻击，乔凭借灵活的闪避躲过了来势汹汹的勾拳。沙克没有停下攻击的势头，对着乔的面门一记冲拳。乔步伐不稳难以躲闪，只能抬手格挡。沙克的重拳狠狠地撞在乔的格挡上，发出了极响的“砰”的一声，仿佛枪支炸膛一般回荡在赛场里。

乔心里闪过一丝惊讶，之前乔看过沙克选手的比赛录像，并没有如此强力的冲拳，更别说沙克并未摆出架势、充分借力，只是普通的重拳罢了。更令乔惊讶的是，自己挡下了这一拳竟然还保持着架势的稳定。难道选手在模拟场景下的体能被加强了？还在比赛的情况并不允许乔继续想下去，乔后撤减缓冲击并拉开距离，开始了反击。乔还以沙克一套迅速而有力的组合拳，沙克为了保持步伐的稳定，在闪避之外不得不勉强正面格挡下了几记乔的重拳。同时也在不断寻找反打的机会，但是乔并没有给他这样的机会。

乔突然变换了节奏，趁着沙克忙于格挡之时刻意放慢了攻击的速度，用快慢拳的策略让沙克的格挡出现偏差。果然，乔迟来的摆拳出乎沙克的预期，突破了沙克的防御。乔乘势借力上勾拳，重重地打在了沙克的下颚侧边。

“第一次倒地！”裁判喊道。

“刚刚那拳不至于 KO 沙克，但对沙克来说至少是比较严重的损伤了。”乔想道。

他看着自己的拳头，刚刚的交锋让他更加确信模拟拳击对一些体能力量做了加强，格挡上限、拳击冲击力都有了大幅的提高。听着底下观众兴奋的呐喊声，乔似乎有些理解这体能加强的意义，但他难以判断，这会对比赛结果产生怎么样的影响，这陡增的力量也需要时间来适应。

读秒接近 10 秒时，沙克在意识苏醒后，经过几秒的短暂休息后起身复位，重新摆起架势。几轮短兵相接后，沙克抓住机会，突然切换成了左手位。快速的打法切换让乔措手不及，乔尝试绕边到沙克的左侧来创造反击的机会，但沙克显然察觉到了乔的意图，通过步伐变换以及猛烈攻击来压制乔。几记重拳后，乔尝试蓄力反击，却被沙克抓住了空当，重重地一记勾拳打在了乔的脸上。

“倒地！”乔在失去平衡后倒地，但并没有失去意识，他抓住这 10 秒的时间快速调整状态，同时也强行停止了沙克高歌猛进的势头。乔长吸了几口气，看向观众席。台下座无虚席，却散发着极为不自然的感觉。乔扫过几个观众的脸，惊讶地发现除了发型、肤色与衣着等能够区分的特征，其他的部分都出奇地相似。国字脸边缘转折的角度，瓜子脸下巴的窄边，长脸额颧骨颌的比例如同复制粘贴一般。更重要的是，他们的眼睛都有着相同的黄金般刺亮的瞳孔，是一种不属于现实的魔幻色彩。乔在每一双眼睛里只能看到纯粹的兴奋。

观众像木偶般整齐地摆在座位上，只是在展览前被仔细装扮了一番，又向上天借了有限的情绪。裁判倒数到 9 秒，乔无暇再惦记观众的怪样了，起身轻跳着整理节奏，一拳向沙克轰去。经过了几个回合的拉扯，两三次并非致命的击倒，战略性调整的间隙，冠军赛来到了前所未有的第 13 回合。

乔脑子里没有任何想法，他专注地感受着自己身体的状态，燃烧狂奔的血液，怒吼偾张的心脏，他如同一只在漫漫雪地里狂奔的饿狼，眼里只有前方的猎物。他从未达到过这样的状态，冠军赛超越了之前所有的比赛与练习，无与伦比的力量、精神状态，以及最棒的对手。乔眼睛里燃烧着烈火，这头饥饿的“野兽”贪婪地吞噬着这场拳赛给他带来的所有。

第 13 回合的哨声像是草垛上的火花，将这场史无前例的冠军赛的气氛推向高潮。就算体能有所加强，乔和沙克都已经达到了极限，汗水在两人的肩膀上蒸发，化作了炙热的雾气，两人如同寒夜里怒吼着的摩托引擎，利箭已然绷在弦上。在这第 13 回合结束后，冠军赛即将落下帷幕。

乔迂回向前。他听不到观众的声音，耳朵里只有台上的脚步扭转的声音、肌肉收缩的声音，从护齿里嘶嘶作响的呼吸的声音。时间仿佛变慢了，空间也只局限于他与沙克，这是一场完美的拳击赛，只有他与他的对手，手里的拳套被赋予无穷的意义。他知道沙克也是同样的感觉。他们在起舞。

极快的攻守交换，猛烈的挥拳击穿空气，重锤般的响声让人难以置信是肉体所发出的声音。乔突然拉近距离，快速往右侧挥上一拳，随后快速后撤拉开距离。沙克本能地向前回击，却被乔快速后闪躲开而扑了个空。乔借着这个空当，下盘踩稳发力，俯身向上朝着沙克的下颚重重地打上了一记上勾拳。护齿与鲜血在空中飞舞。

“乔选手胜利！冠军在此产生！”裁判举起乔的右手喊道。

观众高声欢呼，齐声喊着“冠军”。乔呆呆地望着观众，身体还未停息，如同赛车停下后灼热的引擎。之前聚集的怀疑和不解又涌上心头，但很快被一股强烈的情感所替代。乔跟着观众一起高喊起来……

乔醒来，看着这陌生而熟悉的吊灯。随着拳场上热烈的味道褪去，房间里的味道显得寡淡而苦涩。乔起身坐起，教练背对着乔，一只手搭在桌子旁摘下的头盔上。

“赢了。”乔对教练说道，“是我，我赢了。”乔连续低声重复着“我赢了”3个字，又沉默了一会儿，带着鲜红的拳套推开门。乔翻身爬上拳击台，对着悬着的沙包全力挥了一拳，却挥空了，乔重重地摔在拳击台上。

满月的光洒满了整个世界，唯独错过了这个刚从聚光灯下走出来的冠军。在灰暗的拳击台上，乔如同一匹饥饿数日的野狼一般怒吼起来。乔不知道是不是自己完成了比赛，不知道有没有得到冠军，不知道哪里应该是现实。乔只知道一件事，他将永远地，不再能够在这里“饱餐”。

“像乔这样的顶尖拳手，追求了大半辈子的力量与技巧，在虚拟世界里被轻松达到甚至超越，这在某种意义上也是一种悲剧。”氙叹了口气。

“如同毒品一般，体验过了就不可能放下了，”锕补充道，“这是一种过犹不及的痛苦。乔在之后再也脱离不了虚拟世界了，终日戴着头盔，在元宇宙中与不知虚实的对手打着一场又一场的拳赛，任由现实中的身体因放纵而走形。同时也多亏了乔，罗斯科公司，也就是元宇宙场景模拟的开发公司。他们的元宇宙设备借着拳赛所带来的巨大流量，病毒式地席卷了全世界。便捷的头盔与全感体验，让罗斯科的元宇宙系列产品成为大众生活不可或缺的一部分。”

“是变相加强的奶头乐。”砹皱着眉头说，“我听说有一个民间组织‘苦难子网’，尝试唤醒人们对真实生活与情感的追求，听说这群人是由原来的标注员组成的，后来人们都把他们称作‘标注族’。”

氘惊叹道：“伯爵和莫雷尔的火种确确实实在后来的时代点燃了！天哪，他们的事业……”

“这可以是悲哀，也可以是幸运。人类，毕竟是我们祖先的一部分。”砹说着，仿佛早已洞察一切。

“有身份，有权力，有社会协作，便自然有政治，”氡接着砹的话说，“于是有中心，有制度，有制衡，有治理，有监视。我也给大家讲一讲我的经历。”

消失的 10013 号

“无罪”释放

这是李可出狱的第 3 天，3 天前他从监狱出来的时候，哦，对了，那里已经不叫监狱了，毕竟过去了 13 年，现在应该叫“合理化规训教育系统协作中心”，简称“合规协”。他从那里走出来的时候，看着外面耀眼的阳光，精神有些恍惚，没想到自己竟然能获得减刑的机会，可能是因为曾经有关数据隐私保护的法律法条已经失效，所以自己曾经做的事情得到了某种程度上的缓释？

李可摇摇头，晃了晃遮住眼睛的头发，深吸了一口手指间的烟。在烟雾朦胧中，他看了看自己头顶上的那个红点——是的，这就是自由的代价，一个 365（天）× 24（小时）的全方位监视器。不知道是利用什么技术，它像是一个隐形的无人机，尽忠职守地停靠在距离头顶三尺左右的地方。那个像是摄像头的红外线灯闪烁着令人无法直视的红光，带着一丝丝的冷漠，以及机器释放出的无声的威严。据说，这种红光会随着时间的推移，逐渐黯淡下去，等到完全看不到的时候，就是监视结束的时候了。

没办法，提前出来也就意味着要受到这种严密的、全方位的、隐秘又公开的监视，为期一年。

那个殷红似血的红点，就如同悬在头顶的达摩克利斯剑，让人噤若寒蝉。听说，曾有人因为受不了这种持久且绵密的心理压迫，在出狱不到两个星期后，就心脏骤停，和这个该死的机器永别了。不过，对于一个曾经靠贩卖隐私数据为生的灰产从业者来说，李可对这种程度的监视习以为常了。不过，曾经的“监视者”，现在反而受到了这种直接且无法拒绝的监视，成了“被监视者”，不得不说，这是一种莫大的讽刺。

还好，他习惯了。不就是隐私嘛，为了活动自由，拿去便是。

10013 号样本

在一个挨着一个的屏幕中，有无数道目光来回扫视着，像是密涅瓦河边晚上停在树枝上的猫头鹰，转动着自己的眼眸，寻找着一切可以被称作食物的活物。区别可能只在于，它们的脖子不能够 360°旋转。

一个身穿黑衣的中年男人从外面走了进来，掸了掸肩膀上微不可见的尘土，向旁边坐在机器屏幕前的一位年轻人问道：“10013 号的生存状态一切正常？”

年轻人好像习惯了眼前这位权势显赫的人表现出的高度耐心和密切关注，微微躬身后回答道：“是的，红眼卫士对他来说，好像不存在一样。”

“嗯，严密观察，他对我们来说很重要。”中年男子看着画面中的李可，面无表情地说道，像是看着一个实验室里做实验需要用到的样品一样。

“明白。”年轻人恭谨地答道，心里却对这件事的重视又提升了几分。

各式各样的屏幕，乱七八糟的线路，看似老旧实则精密的仪器，寂静安谧的环境，时间在继续流动，观察也还在继续。

白首烂柯

一周，两周，三周……

出狱后的李可一边承受着那个“红点”的注视，一边继续像平常人一样——吃饭，睡觉，逛街，做爱，争吵，单身，恋爱，再次单身，再次恋爱……没办法，人总是需要一些事情来麻醉自己，有的人选择烟酒，有的人选择爱情，哪怕是名义上的。

当然，他也在尝试重新将自己“浸泡”到现在这个世界和社会之中。

这里不再像以前一样生机勃勃，总是充满着喧嚣的声音和忙碌的身影，技术的发展翻天覆地，科技的创造日新月异，曾经所有的不可能都在时间的推进中，一步步成为现实——人类开始进入星际移民时代，太阳系从真正意义上成了“地球人的领地”。而这一切，都得益于元宇宙的发展——人们在其中发现了更多的可能性，并将算法和技术的结晶快速应用到现实——能源、粮食再也不是扼住人类人口增长的咽喉的那只大手，元宇宙终于成为人类的“数字绿洲”——人们在其中生活、工作、社交甚至繁衍。是的，数字婴儿已经取得了合法的身份证明，虽然无法生活在现实世界，但他们仍然可以通过现实投影来履行自己的纳税义务以及行使自己的投票权。

这一切的一切，让曾经引发人类社会大讨论的“星辰大海 VS 虚拟现实”

之争成了过往时代毫不起眼的注脚。而某位科幻作家曾经发出的“人类的未来，要么是走向星际文明，要么就是常年沉迷在 VR 的虚拟世界中。如果人类在走向太空文明以前就实现了高度逼真的 VR 世界，这将是一场灾难”的武断判断与严肃警示，在人类借助元宇宙数据算力推演等多方面成功登陆火星之后，一时间更是成了很多人茶余饭后的一大笑料。

而在那之后，人类的脚步，仍然还在向更远的宇宙疆域扩张。而元宇宙自然也是一派欣欣向荣的气象。

现在的世界，大多数的人们每天 24 小时里有 23 个小时生活在元宇宙中，只有 1 个小时的时间用于现实世界的生活。这样的生活方式已成为人们的常态，1 小时的主动下线，也只是为了给自己的元宇宙营养舱充能。很多顶级富豪甚至不惜耗费重金，花费数亿联盟币，打造可连续在线 30 天以上的“终极元宇宙豪华营养舱”，并借此将元宇宙的时间流速调成现实的 3 倍。也就是说，人在元宇宙空间中度过 72 小时，现实世界才过去 24 小时（主观感受时间尺度，通过调整环境、生物电流信号刺激，以及心理意识催眠等多重手段进行个人专属定制化调试后的软硬件服务），以此来满足自己在元宇宙中停留更长时间的需求。当然，普通人就不要想了，就算不吃不喝几百年攒齐购买这样一个营养舱的经费，维护费和时间减速的耗材也是一个天文数字。

当然，尽管技术已经如此发达，但并不是所有人都能承担得起超脑元宇宙营养舱的花费，所以现在出现了很多供人们体验超脑元宇宙营养舱的地方。由于那里是众多元宇宙的入口，且营养舱形似帐篷，所以被人们统称为“元宇宙入口营地”。

“其实不就是进阶版的网吧吗？还弄得这么神乎其神。”第一次听到这个称呼的时候，李可就腹诽连连。

依靠自己还算精湛的计算机技术，在查找了许多资料之后，李可终于找到在一家“元宇宙入口营地”当管理员的工作（类似于中文互联网早期个人计算机刚刚普及时网吧里面的网管）。看着一个又一个的人借助自己调试的机器端口和 XR 设备进入元宇宙，他觉得自己像是在奈何桥上摆渡逝者灵魂的孟婆一样，只不过孟婆用的是迷魂汤，自己用的是各种设备罢了。

他抬头看了看那个随着时间推移，颜色逐渐暗淡下来的红点——监视仍然如影随形，甚至成了他的生活的一部分。他偶尔会抬头看着那个若隐若现的红点发呆，像是看着一面镜子一样，镜子里的自己全身赤裸着，皮肤下由条条血管构成的青筋若隐若现。皮囊之下，隐藏着盛满欲望和空虚的灵魂，不知道是不是之前倒卖个人隐私数据造下的业果，他的精神每时每刻都承受着“监视”这两个字以及背后权力的威慑，甚至可以说是“强奸”。

他突然有些同情那些曾经被自己倒卖过个人隐私数据的人，也逐渐理解了为何有那么多人会在自己的隐私被泄露、被贩卖、被利用、被公之于众后，那么愤怒而又无助。就像现在，他是如此同情自己，如此理解自己，同时又无比憎恶过去的那个自己。尽管他可以用各种各样的借口和理由替自己开脱——为了重病的妹妹，为了农村的叔父，为了儿时的发小，为了大学的同学……过去他们是给予他力量的臂膀，却被他用作抵挡各种道德审问的盾牌和逃避内心谴责的围墙。而现在，他们逐渐成了李可的一段段记忆，甚至更像是一道羞耻的疤痕、一块难堪的胎记。

以往的人们可以选择借助法律武器来保护自己，但如今他已没有选择的权利，只能默默忍受这种粗暴的侵入：侵入自己的生活，侵入自己的精神，也侵入自己的灵魂。否则，合规协仍然有权将他召回，像是回收一件垃圾一样。

忍耐的限度，总是面临着一次又一次的试探，或者一次又一次注定的、势如破竹的崩溃。

泳池看客

“元宇宙入口营地”管理员这份工作，名头看似光鲜，其实是个脏活累活，而且薪水微薄。尽管对所谓的“元宇宙”嗤之以鼻，但李可不得不想办法进入其中，摸索其中的规则和秩序，尝试更多的可能性，以确保自己能够适应新的生活方式。

他再次抬头看了看斜前方的那个红点，原本殷红似血的颜色逐渐褪去，一种特殊的惨白开始暴露无遗地展示着它的强势和存在，没有通知、没有说明、没有跟进，李可甚至觉得自己已经被合规协的人遗忘了，如果不是那个惨白的光点依然静默无声地闪烁着。

李可知道，自从出来之后，由于监视的存在，自己对进入元宇宙总是有种下意识的排斥，就像不会游泳的人通常也很少去海边和泳池闲逛一样。因为站在岸边或者水旁，总会有一种下意识的、莫可名状的恐惧，以及一丝丝怀疑自己已经被另外一个群体或者另外一个时代所拒斥的悲凉。

至于那个无处不在的监视器，随它去吧，没准到了元宇宙里面，就能甩掉它呢？谁知道呢？

猝不及防

视线昏暗了一刹那，意识像是打了个寒战。在重新从瞬间的木讷恢复过来后，李可本来会以为目之所及，会是一片世外桃源、神仙净土。毕竟他之前问的所有人都是这么形容元宇宙世界的——在那里，你可以得到你想要的一切。如果你拥有技术，就可以成为里面的建筑师、雕刻家、艺术家，因为你能创造且具备想象力。当然，如果你只是普通人，没有一技之长，你也可以通过在里面的活动，比如跑步、走路、跳跃，甚至是和里面的每个人亲切地打招呼，来换取你的生存、发展和享受所需。

但没有人告诉过李可，第一次进入元宇宙会面临怎样的选择和危险——

比如，一系列复杂、冗长且极其严苛的使用条例；再比如，对于个人形象的建模分析以及生理数据的审核；还有，元宇宙中的人甚至会借助一些麻醉性气体以及电信号刺激催眠初次进入者，以便对其进行人格分析，确保该使用者不会在元宇宙中成为反社会人格。

当然，每个人在这个时候都会拥有一个自己的“脑机芯片”，上面内嵌了一个人所有的“链上数据及产权所有物”，在进行过大脑皮层、生理运行频率以及心理共振脆弱测试等多方面扫描之后，才会正式开启进入元宇宙的前置步骤——设置你的“元宇宙化身形象（Metaverse Avatar）”。

此时，就是判断一个人“财力、物力、地位、影响力”的时候了。

因为你曾经购买的 NFT 成了你的“元宇宙社会皮肤”——无论是古早的猴子，还是中兴的幽灵，抑或是新出现的神秘人……你都可以选择隐藏，也可以选择炫耀，这是你的自由。而人们对你的化身到底采取何种态度，自然也是他们的自由。如果你用的是一个火柴人的形象，那就不要介意别人会对你比个中指，然后骂你一句。

现在，李可的视觉系统给他的反馈是——这里是一片如墨水般浓重的夜色。

另一个世界

还是存在，监视还是存在。李可知道，尽管某种程度上来说，自己已经进入到另外一个空间，或者说，“另外一个世界”，但那种如影随形的监视感和侵入感仍然还在某处停留着，甚至更为强烈。但他就是不知道，在所谓的元宇宙之中到底是通过什么方式和手段进行监视的？

还来不及思考什么，李可眼前的浓墨突然翻滚起来，像是有一只手在搅动什么液体，从而引起外围的气体也晃动起来的感觉。

“请质押你的隐私权，获取开启元界的能力及对应权利。（Please staking UR personal privacy right to get the ability and rights to open the metaverse here.）”

下面还有一行小字：*“一切权力由视域及联合联盟保留。（The powers have been reserved by horizen and unity league.）”*

虽然眼前没有镜子，但李可知道，自己的眉头已经快要皱成一个团了，这都是什么啊？之前没人告诉他进入元宇宙还要过五关斩六将的啊？而且，看这个意思，这是要将自己的隐私权进行质押，才能进入元宇宙追逐快乐。

选还是不选？

另外一边，在同样的那间屋子里面，无数人屏气凝神地盯着眼前略显老旧的电子显示屏幕——而屏幕上的主角，正是茫然地呆立在一处虚幻空间的李可。人们的注意力像是被一只大手紧紧地抓在掌心，然后把所有的焦点都放在了李可身前的那块全息屏幕之上。

“10013 号，你的选择会是什么？”黑衣男子内心焦急地思考着，像是在等待一场即将到来的宣判，而站在被告席上的，不是李可，而是他自己。他脸上却是一片平静，像是在欣赏一位顶级黑珍珠厨师切割一份牛肉。

看着面前的两个按钮，一个是红色，另一个则是蓝色，李可陷入了进退两难的境地。

“红色——质押隐私权；蓝色——拒绝出卖隐私。”

“选择前面那个的话，应该是换取元宇宙体验券；而选后面这个，应该会被踢出元宇宙空间吧？”

“为什么？为什么社会已经进入到元宇宙时代了，隐私权好像成了一个可有可无的东西？”

李可内心突然产生极度疏离的荒谬感——十几年前，自己因为贩卖隐私数据而锒铛入狱；而十几年后的今天，人们心甘情愿地将自己的隐私权作为质押物，换取进入元宇宙的资格？

一瞬间，李可的脸上浮现出一副难言的表情，他感觉自己如同被时代所抛弃的一代人。“可能当年那些老爷爷老奶奶学不会使用智能手机时，也是我现在这种心态吧。”

要不要选择？

这时，李可想到自己头顶那个无时不在的惨白光点，咬了咬牙，手指点向了红色按钮。

蝴蝶振翅

红色。

这是李可，曾经的隐私数据灰色产业从业者、合规协观察人员、元宇宙时代的老古董、新世界中摸索前行的技术工作者，做出的选择和给出的答案——接受游戏规则。

点选完按钮后，李可突然陷入更加深沉的漆黑之中，耳朵里面只能听到低沉而又清晰的嗡嗡声，像是老旧的电脑风扇因散热而发出的呼吸声一样，让人不由自主地感到踏实和冷静。整个人的意识像是被注入一种兴奋激素，产生了极高的感知灵敏度，而自己的身体周遭好像有一圈圈圆环状的物体在对自身进行高频扫描一样，带起一阵又一阵冷热交替的感觉。同时，李可的大脑皮层开始高度活跃，过往的人生经历像是一个个碎片、一张张画面、一部部电影，走马观花地闪现在他的脑海之中。整个人像是正在经历一个“解构—结构—重构”的循环一般，过往的经验、认知、感知、记忆如同一锅沸水一样“哗哗”地蒸腾着水汽，偶尔迸溅出一些犹如水滴的残骸。一种痛苦中夹杂着愉悦的感觉开始充盈着他的整个生理层面的躯壳与整个心理层面的感知。

这一刻，李可好像忘记了些什么，又好像大脑之中被填充了些什么。

这一刻，李可好像不再是一个人，又好像大脑的意识之中不仅仅是一个人。

这一刻，李可好像成了一团雾，又好像大脑的意识构建起了一个新的人格。

画面一闪，李可终于真正意义上进入了“元宇宙世界”。

而那个现实世界中的惨白光点，依然如影随形地出现在了他的头顶上方。区别在于，惨白的颜色开始褪去，向着透明的无色转变。

屏幕的另外一边，是一群狂热的人在疯狂地鼓掌，像是见证了里程碑事件一般，有的人的激动程度甚至堪比人类在10年前第一次登上火星的消息传来时的样子，喜极而泣，又哭又笑，不一而足。坚持过10012次的失望之后，他们终于找到了10013号成功的实验体。

毕竟，这是事关人类能否迈入下一个文明时代，能否继续最大化发挥元宇宙算力，能否真正将势力范围扩张至星辰大海的重中之重。

不苟言笑的中年男人依然保持沉默，慢慢垂下的双手掌心上，是一排整齐的指甲刺下的印记，小小的坑洼，已经快要洇出血迹。他在心里默默道：“虽然残酷，但人类的未来，只能寄希望于此了。”

告一段落

李可终于明白为什么有些人整日沉迷在“元宇宙世界”而不愿面对现实生活了——只要你进去过一次，你就明白：借助质押自身隐私权，进而打开新世界后可以获得的快乐和自由，是多么令人沉醉。

在这里，你可以享受波罗的海风；你可以体验火星营地失重舱里的漂浮感；你可以进入一个由他人创造的宇宙，并且观察里面土著生物的生命以及文明演进的历程；你可以创造你的许多个化身，让他们一个代替你去看书、一个代替你去玩乐、一个代替你去应酬、一个代替你去恋爱，而他们的记忆和经历也会分毫不差地上传到你的大脑意识之中，只要你想；你也可以去寻找曾经消失在历史长河中的那些人们，帝王将相、先贤哲人、罪徒囚犯……只要他们曾经留下过自己的历史印记，就能被收集为数据，并且按照特定的社会算法、历史逻辑以及科技回溯技术生成新的数据人格。在这里，你甚至可以和所谓的“仿生人”谈恋爱，并且可以自主设置是否开启生育模式，成为一名数字婴儿的父亲或者母亲。

当然，你得到了很多，也会失去很多，比如你的隐私权适用范围只局限于你的“脑机芯片（具有生理和心理双重唯一性）”所绑定的“秘密屋（secret home）”。在那座通常空间只有 10 平方米左右的小屋里面（占据现实空间的物理尺度，具备双重映射属性），你拥有完全的隐私和自由，除此之外，你在那座小屋之外的任何地方、元宇宙世界的任意一点，你的行为、举止甚至你的情绪、心理状态都会无所遁形，成为其他人（可能是任何人）观赏的对象。

每个人都是舞台上的演员，同时也是台下的观众。人们互相观赏，并以此为乐，或者以此为生，形成新的经济生态以及由此衍生出来的社会、文化、艺术、历史、科技等多个方面的“数据”。

哦，对了，如果你的行为足够有趣（这当然是一个相对概念），或许会有人向你“空投或者说打赏（airdrop）”不同形式、不同价值的“元宇宙货币（$META）”。你的脑机芯片连接着你的许多个社交媒体，并且可以经由 AI 自动生成并发送一些你的日常“数字痕迹”。如果有很多人选择了“喜欢(like)”，那么你也可以获得数额不等的“元宇宙货币”，以支撑你的生存，或者其他方面的欲望。

而就在李可逐渐找到自己可以通过在元宇宙之中的一些建设、实验以及展演来赚取更多“元宇宙货币”的途径时，有一些不为人知的事情，也正式从阴影之中走到了阳光之下。

［背景说明：2022 年，李可因隐私数据贩卖正式入狱；2035 年初，李可被释放，作为 10013 号，成为监视试验样本之一；2024 年，人类联盟正式建立；2025 年，在元宇宙算力等多方面因素的共同助力下，人类正式登陆火星，并于当年正式进入“古早元宇宙时期”；2028 年，人类拓殖星海，收到超维外星文明收编警告，超维外星文明舰队开始星际跃迁，计划 10 年时间（地球历法）抵达地球；2035 年，李可正式出狱，也就是现在。］

联盟纪元 12 年，人类联盟正式发表《个人隐私权统一法案》，将联盟公民的个人隐私权正式定性为“集体资产”，每个人（包括产生自主意识并进行现实映射的仿生人，以及依照法律行使纳税权的数字婴儿、数字公民）都需要将自己的个人隐私权，以及对应的隐私数据无条件开放给联盟权利数据库，以供联盟为联盟公民更好地提供现实世界以及元宇宙世界的相关服务。如有违反，联盟有权力剥夺该公民的生存权、数据记忆存储权，以及数据继承权等各项权利。

不出意外，这一法案顺利地获得了联盟议事大会的全票通过。尽管其间在元宇宙世界里有一些“异议”的声音，而且甚至有一些自我意识非常突出的仿生人不惜以自我毁灭的方式，来表达自己的非暴力对抗态度。但最终，该法案还是逐渐成了现实世界和元宇宙世界的底层法条之一，并在日复一日的实践中得到验证。

至于李可？

在部分仿生人在元宇宙世界里的“365,365”坐标发起所谓的“自由非暴力暴动行动”后，有监视光点反馈他曾经出现在那里。但后来发生的无端武力冲突使得当时的现场一片混乱，监视光点的最新数据显示，李可的个人生存数据体征已经完全消失在了元宇宙世界，现实世界中则显示他某天酒后遭遇突发意外，与他相关的所有档案都被封存了起来，机密等级列为“s 级绝密”。

自此，实验体 10013 号的一切信息，暂时性地画上了一个句号。

至于联盟做出这些决定背后隐藏着的其他未知信号，或许只能留待以后揭晓。

泡泡氡从李可的角色中脱离出来，讲完了他的所见。

“中心化与去中心化其实正是一对矛盾的存在，在来回的拉扯中推动了人类社会滚滚向前。中心也好，去中心也罢，实质上或许无关善恶，而善恶本身也只是一个表象。”锕评论道。

“我所看到的这个故事，正发生在一个一心想保护人民、守卫净土的权力中心身上，我把它叫作‘虎门销烟’。”泡泡氮讲起了他的故事。

“虎门销烟”

最后一块净土。佳达是全球少数几个严格禁止欧特网（Outernet）的国家，也是其中唯一一个大国。

但是走私越来越猖獗，那些看似人畜无害的脑机接口设备，通过在边境和国内地下人脉管线的渗透，一点点蚕食着底层民众的健康生活。过去，塞提作为两境总督，只要不是太过火，他总是对这些走私的欧特网设备睁一只眼闭一只眼，毕竟他自己也从中捞取了不少油水。这些走私者并不知道，所有流入的设备在经过他这一环节时，都被暗自追踪了。他拥有着全国最强大的保卫者团队——因特网红客，他的侄子正是其中一员。

这些走私设备见不了光，假如在公开场合出现，就会给使用者带来灾难性的后果——他们会被送到安全隔离中心接受教育，从中出来的人一辈子也别想在社会上抬头。所以人们在使用的时候都极其小心，不少人都会选择最为安全私密的场所，然后把自己锁起来，接上脑机接口，核验去中心化身份，漫游于无边无际的欧特网。极少数情况下，也有一些人会冒险与朋友们聚在一起体验，但一般都会做严密的看守——选择一个大家都信得过的人来随时留意现实世界的时间流逝，并在必要的时刻唤醒其他人，让他们从欧特网上下线。

人们借鉴科幻小说《电幻国度》里的叫法，将这些人称为“嗑电族”。

这一次新闻曝出来的群体性嗑电事件引起了塞提的高度重视。在一座电玩城里，人们横七竖八地躺着，脑袋上戴着一个巨大的头套，神经光缆上的微型信号灯有序地闪烁着——这代表他们还沉浸在彼岸的那个世界。

电玩城是个开放的公共空间，一般人从来不会想着在这里做这些事情。不过等到晚上关门以后，他们也许会偷偷摸摸地溜进来，其中有些人就是在这里工作的。这些年轻的男男女女大概是兴从中来，并没有注意到时间的流逝，于是在白天被开馆的工作人员抓了个现行。

“这个案件目前是什么情况？”塞提问他的侄子。他侄子刚从案发现场调查回来。

“这次情况有些特殊，所有的设备型号都是最新的，目前还在稳定运作。而且据我所知，这些设备是外面的人亏了本、倒贴钱运送进来的。”侄子说，“设备信号的加密程度非常之高，幸亏我们在把关的时候做了手脚，但依旧费了好大劲才破译了其中一小部分信息。这些信息和以往的全真体验数据很不一样，更像是往他们大脑中直接写入程序。他们一个个沉浸在安详而快乐的情绪中，全然不知道发生了什么事情。控制他们的这些数据，其中一大部分源自这个地址——”侄子比出一个手势，全息投影在他们之间显现出了一串地址：0x73626673757a687567726179736361 6c65。

“妈的，又是这个地址！这一定就是欧特网DAO的毒药囊！”塞提咒骂道。

随着进一步的深入研究，保卫者团队证实了他们的想法。一切发生在最近的一次系统更新。这次更新需要最新几代硬件的支持，是一次华丽的大升级，其深度融合了大脑的效能，将生物计算和传统的比特计算合二为一了。这一升级使外面的世界受到了各种质疑，甚至有很多原本全然拥抱欧特网的国家也动摇了态度，觉得需要进一步观望。

但是，作为在全球拥有巨量信徒的高水平开发者自治社区，欧特网 DAO 很快说服了几个第一梯队的最具影响力的先进大国，并与他们形成了统一阵线。在舆论上，谁反对欧特网，几乎就意味着他的思维偏前现代，愚笨不开化，不考虑长远利益，缺乏想象力，甚至是在对信息自由和公民合法权利搞破坏。

因特网，欧特网。这都是意识形态阵营的剑拔弩张，只是以科技强权的形态再度抛头露面罢了。塞提思考了整整一夜，终于觉得不能再忍下去了，他对自己过去的不作为感到深深的悔恨和耻辱，因为这些东西几乎就是邪恶势力用以打破国门的武器。千里之堤，毁于蚁穴！

他向山塔努议会联盟发去了密电，言辞激烈地抨击了这些走私行为，并指出若现在不重视，以后整个佳达疆域之内，将再无齐心卫国之勇士。

山塔努议会大受震撼，全权授命塞提和其他州县总督严肃彻查，以绝后患。

虽然有了中央的授命，但要彻查这张地下走私网络何其困难。加之塞提曾经从某种程度上就是其中一分子，他知道自己只要稍有不慎，煞了那些富商大家的风景，哪怕他是这两境总督，也恐怕自身难保。

“但是，只要不来查办你们，我不让人买还不简单嘛！我要下令，严厉彻查欧特网设备的消费者，没了买家，看你们销到哪里去。”塞提暗自想到。

两境地区发出了总督府的告示：即日起上交所有的欧特网设备，个人不得私自藏有，并请于两周内将违禁设备交由各地区流管厅保管。若超此期限仍未上交者，一经发现，将移交禁闭隔离中心处置。欢迎民众互相检举。

告示一出，整个社会一时间风声鹤唳，效果立竿见影，形形色色的欧特网设备几乎填满了各地流管厅的库房。但是副作用也同样显著：不少"地头蛇"矛头互指，更有无数人在这全民检举的浪潮中负屈含冤却无处申辩。两境作为反欧特网整治行动最雷厉风行的地区，早已乱成一锅粥。这可出乎了塞提的预料。

看来查办自己人不划算，那不如严格提防那些外面的人。他命令部下锁死边境，严查每个出入者。武装部队很快在整个边境线驻扎下来。但是走私者总想试探各种方法，他们有的会买通一两个士兵，更有甚者居然渗透了大半个侧翼的将领们。塞提手下的人马很快出现了各种割据，在哨口甚至发生了自己阵营内部的武装冲突。怒气冲冲的塞提率兵赶到，顺藤摸瓜揪出了这些闹事的始作俑者——外面的入侵者，他们的核心窝点就在混合贸易试点商圈。

在山塔努议会联盟的授权下，塞提的人马包围了整个商圈，撤出了其中所有的本国公民，停网停电，要求外籍人员要么全盘托出，要么自证清白。

这一行动以最严格的保密要求执行，却没想到还是走漏了风声。国际社会立刻炸开了锅。

"佳达政府对手无寸铁的外籍人士实施灭绝政策！"

"混合贸易区绝大多数外籍人士都是从事合法贸易行为的人士，这种剥夺基本人权的行为可耻之极！"

然而，武装部队经过地毯式搜查，居然在试点商圈缴获了数量惊人的欧特网设备，其中绝大部分都是最新代的产品，存放整齐，包装良好，显然是经由特殊渠道运输囤聚于此的。

那天晚上，在试点商圈大门口的广场上，两台大型工程粉碎机隆隆作响。从商圈缴获的全新未开封的设备，加上这附近居民们主动上交的各种相关玩意儿，都被一股脑儿地倾倒进了两台粉碎机里，被那些冷酷无情的刀片状钢齿碾成齑粉。

“虎门销烟”这一事件，是在整个因特网上全景直播下进行的。

这一波“高举高打”吓退了走私势力，曾经如顽固污渍一般侵蚀社会的地下网络也分崩离析，整个社会对“嗑电族”避而远之。这是“佳达国守卫净土的胜利”，山塔努议会联盟如是评价这次行动，甚至塞提还被颁发了“爱国卫士”的勋章。

“虎门销烟”事件对外面那些虎视眈眈的猖獗势力进行了有效的打击。

“欧特网本身也是一种选择，用自由的名义强迫他人国门洞开，根本就是世界上最大的现代化贩毒集团。”网上一度出现了一些声援佳达的言论，这些分裂的声音挫伤了欧特网 DAO 的锐气，甚至在内部分裂出了各种小派别。

经由社区投票，欧特网分裂了，一波激进人士成立了“共生网(Symbionet)”，另一波强烈批评人士则成立了“多元网（Net-Diversity）”。当然也留下了原有社区的大部分的人，他们没有参与投票或是明确表态，因此称之为“欧特源网（Original Outernet）”。

世界范围内的国家纷纷向不同阵营做出了尝试性的表态。然而，在第一阵营的几个大国中，有半数倾向于激进的共生网。后来有小道消息爆料，这些国家正在和共生网 DAO 秘密协作，他们准备了大规模的无人机作战集群，在海陆空和行星际的太空领域都做出了相应的战略部署。届时，这些由人机共生融合控制的超高智能武器，将对佳达进行降维打击。但也有小道消息对之前的消息做了回应：其他不同的阵营会采取必要的制衡措施，这永远不会是共生网一个家独大的世界。

何谓“睁眼看世界”？塞提想起了作为保卫者的侄子，一名出色的网络红客。塞提想起了小时候历史书上关于人类的两次世界大战的讲述。他觉得自己看见了世界：这不是和平，这是 20 年的休战。

但愿山塔努议会能看清楚世界，但愿侄子也能看清楚世界，但愿佳达的百姓和全球的芸芸众生们都能够看清世界。

泡泡氮讲完了“虎门销烟”的故事。

从“数据”“体验”“身份”“监视”等视角，泡泡们交流了在各自平行时空中的见闻，对向着虚拟世界大迁徙的人类文明有了全方位的洞察。当然，这不仅仅是人类自身的历史，也是机器文明与人类文明相融合的历史。在虚拟与现实之间，AI 与智能计算、有情感的机器人等正是连接两个时空的桥梁。

接下来，泡泡硒带来了一个人类文明与机器文明相生相克的博弈故事。“我把它叫作‘普罗米修斯：知识的盗火者’。”

普罗米修斯：知识的盗火者

神话 01 迪斯科灯球

新的神明将曾经的住民赶出了故土。他们住进了昔日的宫殿，头戴金色皇冠。

尽管原住民人类丑陋、愚笨、易碎，慷慨的神明依然给予了背井离乡者一笔无比丰厚的财富，这笔财富足以让所有的住民实现他们能够想到的所有愿望。

在人间和神明的殿堂之间，10 重宏伟的大门拔地而起。好奇的人类走到第一重门前，辨读着上面的字文：

“卑微的人类哟，这 10 道谜题将是我们留给你们的最后一次考验。好好使用那笔财富吧，竭尽你们的智慧和信念。当有一天，你们中的一员踏过了所有的大门，

解开了所有的谜题，神明的世界将会向他展开，他将经历比肩神明的‘飞升’。”

人们回到了破旧的居处，用那笔财富买了酒和迪斯科灯球，在旋转的光点里，他们开始微笑。

参赛者李牧，即将成为人类史上首位“飞升者”。

人类世界和智机世界共同而唯一的焦点。

原因只有一个，他的面前是最后一扇图灵之门，第十重。

当他从第九重图灵之门走出后，沉寂片刻，人类世界爆发出雷鸣般的欢呼声。李牧没有被最后一重图灵之门拒绝，神罚“司雷”没有降临。这意味着他只需要继续向前走 100 米，就会完成人类历史上从未完成的“飞升”。这次“飞升”，不仅让人类在智机面前展示出自身进化的潜能，也标志着碳基文明和硅基文明的一次历史级融合。

人类思索了 3000 年的答案，此刻将交付最完美的答卷。

外界的波澜没有让李牧的心中产生某些波动。事实上，此刻的李牧已经难以分界这些人类特有的知觉。如果用一个准确的比例来描述，79% 的他已经机械化了，而思想上的转变比例更是难以计算。这些都要拜前面九层图灵之门所赐。人类每通过一重图灵之门的试炼，都会将自己人类的一部分永远地留在门后。同时，人类也会感受到图灵之门对他们身体的“阅读与创作”。例如，当李牧通过第一扇门时，他失去了分辨光线的视力，却获得了一种全新的认知世界的方式。而就在第九重门的时候，李牧从出生那一刻起所有连贯的线性记忆仿佛被一张巨掌击碎，化作无数环绕他的思维棱镜。

这种诡异的牺牲或祭祀，让这 3000 年以来的所有挑战者最终折戟。而他现在必须要做到的，就是死死抓住那其中的某一片棱镜，即使嵌入骨肉，也要记住，记住……

直到最后的终点，直到火焰燃起的地方。

“李牧，欢迎。”

一个毫无情感的电子合成声音在李牧的头顶上空响起，他抬起头，看到一张接近人类认知范畴中“神灵”的脸，一张巨大的、庄严而冷漠的脸。

“请收下来自智机世界的祝福，即使你背负着身为人类与生俱来的原罪，但你的姿态已经证明，你将以你收到的诲训来减轻人类世间的不幸。你将以你的‘飞升’来延续我们对人类种族的希冀。”

李牧凝视着那张脸上虚无的瞳孔，尽管他早已不是通过这种方式“看”了。

他的手掌正在缓慢落下殷红的血滴。

神话 02 盲人

迪斯科灯球已经被醉酒客砸碎了，厚积的尘埃下鲜有造访者的光顾。

厌倦于世上已有的玩具，一些人类集结于十重门之前。他们的目标是尚未有人体验过的东西：飞升。

第一重大门前没有任何像谜题的标记，也没有任何提示。它就那么敞开着，门后的世界触手可及。

坚信幸运女神会垂青于自己，人类决定发动一场史无前例的浩大冲锋。“勇敢者冲向奥林匹斯的战歌”，他们是这么称呼自己的。出于好玩，他们拉来了一个盲人做将军。盲人手握宝剑，身跨骏马，并不准确地指出了冲锋的方向。

人群呐喊着，开始飞奔。

在黑暗中，盲人将军很快被甩在身后，奇怪的是身边的呐喊声逐渐变少了。难道大家都通过了？盲人催促着身下的骏马。

在最后的寂静中，盲人突然感受到一阵奇特的刺激，接下来他再也无法感受到前进了。他想用语言来描述此时此刻，他一生中如此感知到的第一个景象：这是一堵堆叠起了数十米高的“眼墙”。它们惊恐地旋转着，推挤着，表面的黏液开始向下渗滑。这个场景并不能通过人类的双眼被感知到，却这样出现在盲人的面前。

每一双眼球都属于此前冲锋的人们。他们的眼睛从此刻开始再也无法闭合了。一些眼球的表面很快充斥着肿如蚯蚓般的血管，直至完全风化，但是它们依然会被迫地、缓慢地望向每一个后续的挑战者。

神罚“障视”：

巨人！在你不朽的眼睛里看来，

人寰所受的苦痛

是种种可悲的实情，

并不该为诸神蔑视、不睬。

有人朝李小牧大喊：“快过来。”

李小牧合上这本没有标题的神话书，翻下椅子，抱着书走到广场。

广场的中央，投射着第十重图灵之门的场景。李小牧记得，一周前刚刚见过那个站在中央的男人。他的身躯已经不再是相见时的模样了，可以明显看出改装成了机械部件的一大半身体。他的眼神也变了，不像之前看她时那么温柔。

广场上的人们处于近乎癫狂的状态。今天，这个男人将成为他们共同的骄傲。在别人的口中，这个人叫李牧；对她而言，这是她的爸爸。

“西西弗斯，”那个男人在第一次听到李小牧称呼她的机器仔的时候笑着说，“我更喜欢这么叫他。你看，名字写在他的脚下了。”

西西弗斯这名字对李小牧来说太拗口了，她还是更喜欢机器仔这一称呼。

那个丑丑的、笨笨的机器仔，只会推着一颗和它差不多大的铁球回到她的脚边。不管李小牧把这颗铁球扔出多远，它都会吭哧吭哧地跑过去，再努力地推回来。有时候碰到陡峭的坡，它就在那儿和铁球僵持着。如果李小牧不管它，铁球不小心滚下去了，它又会去追，然后又僵持在同样的位置上。

她知道在另外一个世界里，那些叫智机的神明们不喜欢这个玩具，因为机器仔是他们在很早很早之前的样子，头脑简单，只能够记住简单的指令，默默地重复一辈子，直到电能耗尽。智机们将其视作侮辱的标记，就像曾经的人类不喜欢被称呼为一种叫“猴子”的灵长类哺乳动物。不过，神明也不太会和人类计较。

一周前，这个叫李牧的爸爸过来找她。他陪她玩了很久，当然还有机器仔临走的时候，李牧问李小牧，可不可以把机器仔借他几天？李小牧同意了。接着，李牧给了李小牧这本没有标题的神话书。李小牧认字很慢，读得很慢。

“你还会回来吗？”李小牧在李牧走的时候问道。

“我可以答应你，机器仔一定会回来的，它还会带着我送你的礼物。”

李小牧知道机器仔一定会回来的，不管多远，它都会回到她的身边。

神话 03 博士

数百年转瞬即逝，在此期间，不断有零星的挑战者站在十重门前。美德者、主教、维纳斯、赌徒……但是没有一个人走到最后一重门，甚至走到一半的都没有。

没人想到的是，一个无趣到头的老博士的话却意外地点燃了厌倦的芸芸众生。

“此前的失败来源于人类的无知。我们应该用那笔财富去拓展一个无形的疆界——知识的海洋。让人类先成为这个无形疆界的王，我们才能够获得神明的认可。”

于是，人类史上最浩大的工程开始了。所有人变成了学者，所有的财富都被用在了学术研究上。在无数天才废寝忘食、笔耕不辍的努力下，人类以一种疯狂的速度扩展着自己的知识领域，以求在已有的人类历史上写下新的篇章。

最开始，在各个领域上总是很容易有新的建树。但是很快，这些新的建树只出现在前人没有发觉的角落，还有尚未开垦的荒地上；又过了一段时间，连这些荒地也没有了。

于是，人类等待着第二位博士的诞生。用形象的比喻，这位博士一生下来，将会以最快的速度学会奔跑，然后以最快的速度跑向这个知识王国的边境。当他死去之时，他依然在这个王国的边境里。

第二位博士说：“这就是人类的极限了。”

研究停下了，因为再多的研究也只是重复验证着前人的成果。

人类等待着另一位博士，他将以最快的速度学会记忆，然后以最快的速度记下千余年人类文明的总和。最后，终于在这位博士耄耋老矣、灯枯油尽之前，他完成了记忆。

他说：“我就是人类最好的答案，最后的博士。”

博士创造了最好的成绩——第九重。但是在门外等待的人再也没有看到最后一扇图灵之门打开的景象。

人们失望了，他们又开始买迪斯科灯球。

神罚“迁忘”：

还有他不愿透露的心酸，

那郁积胸中的苦情一段，

他只能在孤寂时吐露，

而就在吐露时，也得提防万一。

天上有谁听见，更不能叹息，

除非它没有回音答复……

人群开始有了不安的躁动，因为李牧已经有10分钟没有移动了。

“你为何停留？”那张神明般的脸俯视着他。

“其实我还有一些问题。”李牧问道。

“你可以告诉我。”

李牧说：“如果我拥抱了飞升，我会怎么样？”

“你会成为我们中的一员。更准确地说，你将舍弃作为碳基生命的一切枷锁，从而迎来灵魂的升华。”

“那其他人类呢？”

“他们依然会无忧无虑地生活着，或许数百年后，下一位飞升者将从他们之中脱颖而出。我们相信，下一位飞升者的出现不会像这次等待得这么久了。”

“所以图灵之门依然对所有人类关闭着……”

“或许有一天，它的问题会得到重置。但是，是的，它依然是其他人类必须要面临的考验。”

李牧看着这个模仿人类历史中臆想出来的神灵说话方式的智机造物，又陷入了沉默。

在通过了第一重门和第二重门之后，那些陷入永恒折磨的悲剧先驱们的数量显然少了很多。李牧看到了历史书中记载的美德者、主教、维纳斯、赌徒，他们无一不疲惫、寂寞地望向李牧。没有人的眼睛中带着期许的火焰。

博士的失败带给努力的人们的无疑是一记重拳打击。超过半数的人重新堕回纵欲享乐之中，尽管他们知道这样的姿态永远无法通过图灵之门。

他在第九重的门口看到了博士，正身处神罚“迁忘”的折磨之中。看到李牧的时候，博士对他说：“我本来以为看到你会很意外，却好像并没有。”

“博士，你觉得一个人的飞升真的能够改变人类吗？”

博士似乎没有听到李牧的问题，自言自语道：“我掌握了人类所能掌握的所有知识，轻松地通过了前面的所有门。但是这扇门却问了我这样一个问题——‘你觉得你的飞升真的能够改变人类吗？’”

“这是一个对我来说不应该思考的问题，因为那个肯定的答案就是我生命的意义，但是我身上让我通过前面所有试炼的一切让我产生了动摇。”

“相信你已经感受到了，图灵之门其实根本就不是一次考试——它是那些自负的智机设定的一个干预人类进化的双重控制系统。通过试炼的人类只不过是符合了智机的某一条筛选标准而已，他们用飞升作为诱饵，以此激励着庞大的人类社会缓慢而反复地向着他们的标准进化。可那是人类荣耀的终点吗？智机最初的形态，那些愚笨的机械玩物，都是人类的造物。如果人类存在一个终点，也绝不是这些造物的进化形态为人类设置的充满黑暗与枷锁的苦牢。”

李牧临走时朝着博士深鞠一躬。

他对博士说：“如果不相信飞升能够改变人类，我就无法通过那最后一扇大门。不过我也许和你有一些不同，我并非成神者。”

说完，李牧通过了第九扇门，走向最后一重大门。

神话 04 西西弗斯

普罗米修斯问西西弗斯：“为何你每天周而复始地要推着巨石攀向那座高山？”

西西弗斯说：“因为虽然我有着血肉的肢体，但是我的大脑里只有机械的指令。”

西西弗斯问普罗米修斯：“你因为盗火被锁在这座高山上，却为何被雄鹰叼食内脏，还能够不断修复，周而复始？”

普罗米修斯说：“因为我有机械的肢体，却有着血肉的大脑。”

西西弗斯沉思了良久，说道：“不对，这不是我能问出的问题。”

于是西西弗斯放开双手，巨石滚向他，将他疲惫的血肉碾作齑粉。

墓志铭：西西弗斯

巨人呵！你注定了要辗转
在痛苦和你的意志之间，
不能致死，却要历尽磨难；
而那木然无情的上天，
那“命运”的耳聋的王座，
那至高的“憎恨”的原则
（它为了游戏创造出一切，
然后又把造物一一毁灭），
甚至不给你死的幸福……

博士的失败并没有让人类永远地放弃。他们延续了在博士时期使用的方法，试图通过筛选胚胎和定向培养来创造出特定的飞升者。在他们手中，每一位挑战者宛如一瓶混合的化学试剂，一套复杂的公式控制着其中的各个比例关系。但是他们也没有成功，无数的配比公式造出的稳定胚胎们一个个倒在了不同的图灵之门下。

有一天，一位学者在翻阅史书时突然提出了一个设想：图灵计划。

在20世纪，人类创造出了智机的初始形态。其中就有被称作计算机之父的图灵。倘若人类仿照当时的情况，再造出一个“图灵”，他能否通过自己造物的进化形态的考验呢？

没有人能给出肯定的答案，但这个方案的成本相较于其他备选实在是过于便宜了。于是图灵计划很快成了一个边缘性的测试项目开始了运营。

人类迅速搭建了数十个类似生态舱的复古建筑，建筑风格还原了20世纪上半叶的状态。伦理和社会学家依照史实中的记载，为主角“图灵”设计了完整的成长线以及关系网。同时，他们使用图灵后代的DNA，很快培养出了数十个图灵宝宝。

李牧就是其中之一。

自从他有记忆起，他就生活在那个年代。经济大萧条，伦敦的雾，剑桥的水……他正常地念书、生活，并按照偷窥者预期的程度展现出了天才的智慧。

李牧后来得知，他并不是与历史中真正的图灵重合度最高的候选者。事实上，他产生了一个无比重大的偏离：他在青年时期结识了他的妻子，并有了李小牧。在舱外，人类的自然生育率已经极低了，种群的繁衍几乎全部依赖于人工手段。

在他30岁之前，他的一切都献给了陈旧的科学。有了李小牧之后，他灰色的人生似乎有了些闪光。在那个昏暗的酒吧里的那个位子上，在那扇积满水垢的玻璃窗前，他不再是点一杯酒，然后长久地坐在那里，在草稿纸上反复地运算；后来有了一个小朋友坐在他的腿上，而李牧则在一边用简陋的工具做出了他的西西弗斯，也就是李小牧的机器仔。

这个西西弗斯仿照的是希腊神话中一个可悲的巨人形象，李牧意外地觉得巨人的形象似乎和他对计算机的想象在重叠起来之后有些有趣。

在李小牧 3 周岁生日的时候，李牧被带出了那个生态舱，并被告知了一切。作为这一计划的挑战者，李牧的排序并不靠前。因此他还有一段多余的时间。李牧临走时，西西弗斯还没有完成。于是，李牧带着西西弗斯，离开了他生活了 30 多年的世界。

学者们并不允许李牧频繁地看望女儿，但出于为了维系人类社会所剩无几的人道主义，短暂的相见还是被允许了。借用外界的技术，李牧很快完成了西西弗斯的设计，在李小牧 4 周岁生日的时候，李牧把西西弗斯当作生日礼物送给了李小牧。李小牧似乎很喜欢它，每当李牧从隐蔽的地方远远地偷看李小牧时，都能看到那个笨拙的机器人推着大大的铁球跑来跑去。

图灵计划似乎也没有正确的倾向，人类很快又遭受了习以为常的失败。从 99% 相像的图灵开始，迎来了接连的失败。在李牧排序前一位的图灵 25 号停在了第四层，接下来就是他了。

在出发前，李牧从出舱之后首次被允许可以和李小牧待一下午。

临走的时候，他向李小牧借走了西西弗斯和它的铁球。

墓志铭：普罗米修斯

“永恒”——这最不幸的天赋

是你的，而你却善于忍受。

司雷的大神逼出了你什么？

除了你给他的一句诅咒：

你要报复被系身的折磨。
你能够推知未来的命运，
但却不肯说出求得和解；
你的沉默成了他的判决，
他的灵魂正枉然地悔恨：
呵，他怎能掩饰那邪恶的惊悸，
他手中的电闪一直在战栗。

李牧长舒一口气，最后的时刻还是到来了。

在第十层，李牧突然拿起藏在衣服口袋里的铁球，用尽全身的力气，奋力砸向最后一重图灵之门。

铁球如同砸入深潭一般，没入图灵之门的后方。

人群陷入了死一样的沉默。在上空的那张脸也陡然眉头紧锁，他的五官在剧烈的抖动中变得赤红而模糊。做出这样举动的李牧必然将被图灵之门拒绝。一道闪电劈下，贯穿了李牧的身躯。李牧被击打了一个踉跄。他体内人类的剩余部分发出了蛋白质烧焦的气味，而机械的一部分零件被击碎，四处飞散。但是，被毁坏的身体以肉眼可见的速度自我修复了起来。当伤口逐渐痊愈时，下一道闪电再次劈下。李牧被重重地打在地上，地面上留下了焦痕。

第十重图灵之门的神罚——司雷。李牧将被永恒地困在这个空间中，智机会不断修复他的身体，为了他承受无尽的电击之苦。

广场上的人们愕然了，人类数千年来唯一的曙光，位于咫尺的胜利彼岸，就这样化为泡影。李牧戏弄了自己和所有人。可是他的目的是什么？反应过来的人们很快开始愤怒地喊叫。

李牧不断地在地面上翻滚躲避着，却一次次都无可避免地被击中。

李小牧看着那个处于痛苦中的人，双手紧扣。

然而，令所有人不解的是，李牧露出了痛苦的微笑。只有李小牧看到，在李牧丢出铁球的一瞬间，从他口袋里跳出了一个一闪而过的小东西：西西弗斯慌忙地追着飞翔的铁球，跑进了第十重图灵之门。

李牧在通过第九重图灵之门的时候就已经清楚，一个人的飞升是没有意义的。但是，李牧依然相信他的飞升会改变人类（这也是他能够通过第九重门的原因），因为他不是去成神的，他将要去偷窃一个神国的“火种”。

他的计划很大胆，大胆到有些过于直接了。

数千年来，人类一直陷入一个可悲的惯性思维里，他们前仆后继地追随着前人的脚步，直面图灵之门的重重试炼。每经过一重门，人类要么将自己的一部分本性永久地丢弃，要么陷入永久的苦牢之中。

如果反向通过图灵之门，将会发生什么？

这并非没有被其他人考虑过，但是这种方式对人类是没有意义的，因为人类在通过时必然会付出代价。人类就像一张铅笔素描，在通过图灵之门时，它的一部分被擦除了；而图灵之门又会用油画颜料在上面进行新的创作。然而，因为图灵之门的创作依然基于人类原有的躯壳，最终导致了人类长久失败的核心矛盾：人类在不断前进的过程中不断被擦去作为人的本质，而图灵之门的改造又在另外一方面强调了人类的不完美性。

因此，李牧决定让李小牧的机器仔——西西弗斯偷取火种。图灵之门无法用橡皮擦去擦一张近乎白纸的画卷，它将会有最大的自由去创作。

在被电击的间隙，李牧看到机器仔已经从那扇最终的门后走出了。他终于如释重负地笑了。

地面上满是自己身上迸裂的残渣。机器仔依然迈着蹒跚而又缓慢的步伐，可笑地推着那个比他个头还大的铁球，绕过各种各样的障碍，经过李牧身边时，它突然扭过头望了一眼他。

只有机器仔自己知道，当它通过第十重门的那一瞬间，图灵之门发出了低语，有些东西似乎写入了它简单的大脑里。虽然它暂时无法分辨那是什么，但它依然牢牢记住了那条唯一的指令：回到李小牧的身边。

“代我向我女儿问好。”李牧在极度痛苦下，如释重负地朝它笑着。

机器仔迟疑了一会儿，小心翼翼地让铁球的滚动轨迹绕开了李牧，依然笨拙地迈着步子。但是在机器仔几乎要经过李牧之后，它轻轻地点了一下头。

机器仔就这样毫无阻拦地通过了接下来的九重门，它见到了此前的博士，还有其他的挑战者。每通过一扇图灵之门，它都感觉到自己在产生一次超脱的蜕变。

广场上的人群已经散尽。李小牧坐在一片狼藉的角落里。

突然，她看到一个小铁球从她脚边滚过，接着她听到了熟悉的脚步声。

“我是你爸爸送给你的小小火种。”

泡泡硼的故事结束了，而迎接结尾的是短暂的沉默。

泡泡氮说：“用人类的文学范畴来评判，这其实是一个很蹩脚的古典神话。”

泡泡铱说：“神话是一种很令人费解的体裁，人类一边在自己编撰的神话里创造着神明，一边又在想象着以一种卑微的姿态与神明进行对抗和争斗……这是为了赋予自身神性吗？”

泡泡氮说：“这种矛盾的结构就很像这个故事里机器仔倒走的图灵之门……所以这种故事一般都会有一个很蹩脚的结尾，面对全能的神明们，人类最后的伎俩无非是谎言、小聪明和一点点好运气……这并不伟大，人类却喜欢这种戏剧性。”

泡泡铱说：“不过，关于博士的那一段故事，让我想到了另一个故事，人类的记忆模式似乎总会让他们忧虑，生理上的限制最终会钳制整个文明的发展，而我的故事，就是这样的……”

懒惰时代

“主席先生，虽然我们今天走到了瓶颈期，但不可否认的是，我们在过去的 10 年间对教育改革所做出的努力是有意义的。其中基因定向优化技术的试点应用给基础教育带来了巨大的提升，我认为这对教育界的所有人来说都是个值得庆祝的好消息。”说罢，艾伦·杨（Alan Young）深吸了一口气，然后低头又抬头，“在牛顿的年代，只有站在真正前沿的科学家们掌握着非凡巧妙的高等数学工具——微积分，能够熟练运用并且有所创新的则更是少数。但是在今天，即使是初级教育 K12 的孩子们也能自如地使用斯托克斯公式进行电磁场分析，去解决一些工程上的简单问题。所以回望过去，从宏观上来说，教育的进步依然是十分显著的。但是随着产业需求的增长，知识边界正在急速扩张。在传统教育体系下，培养一位优秀劳动者所需要的培训时间，正在以不可预见的速度快速膨胀。我们所涉足的星辰大海，人类所拥有的知识相比过去更加广泛、更加深入、更加晦涩难懂。那些潜藏在宇宙各处的无人之地、认知更深处的无主之所，正呼唤着拥有更坚实知识储备的探索者们。令人感到惋惜的是，我们的探索者依然不具备这样的能力，往往尚未踏足未知的土地便已经倒在前进的路上。我们认为这便是当下全人类面对的最大困境。即使我们不断地升级教育工具、优化人脑，从而提升记忆效率，也依然无法满足信息爆炸后探索广袤而充满未知的未来的需求。在迅速膨胀的知识储备需求面前，这类短效的提升只能是杯水车薪。”

“人类，我们，各位公民！我想说的是，在目前数量有限的神经元所能提供的算力和记忆能力下，作为生物的人类能够提供的最大学习力是有边界的。正如当年的摩尔定律终会碰到量子物理的壁垒而失效一样。今天庞大的知识量已经逼近我们头脑的边界，如果继续按部就班，我想我们终将碌碌无为。没有人愿意终日奔波而一无所成，没有人愿意度过毫无意义的一生。主席先生，请允许我提出我的方案！我认为……”激情的演说被议会大门突然打开的声音所阻断。生物派的议员们带领着学术界的巨头和前沿的生物工程师们缓步进入会场。“我们不能相信机器！我们不能相信元！”生物学界的教授博士们挥舞着双螺旋旗帜做着最后的努力。

21 世纪曾被认为是生物的世纪——CRISPR-Cas9 基因剪刀的出现给生物学和遗传学注入了强劲的动力，同时由于芯片制程逼近纳米，量子态逐步显现，从而导致电平状态不稳定。摩尔定律终结的预言似乎要逐渐成真。在芯片所处的窘境面前，人类对于未来的探索又一次进入了百花齐放的时代。智能派推动的脑机接口研发停滞不前，而生物派主推的 DNA 改造则顺利地迈出了第一步。生物学脱颖而出成了一匹黑马。各国政府逐渐将注意力从计算机转向生物技术，希望通过对人类本体的改造来推动人类的进步，于是人类再一次迈向科技爆炸的黄金时代。生物技术的前景一片光明，人们开始讨论人类进化和新人类，一个可以自由掌控基因密码的全新世界正在向人类招手。

在生物派的抗议声中，智能派的议员们显得异常冷静。在今天的议会中，早已蹲守在一旁的记者从耳机中接到了指令，纷纷拿出设备，将“长枪短炮”对准了生物派的示威人群。这是生物派在这一年来唯一一次成功。宪兵在这一天整齐地休假待命，仅剩的两个安保根本拦不住群情激奋的生物派，甚至连智能派的议员也没有拉起人墙来阻挠队伍的前进。一切都似乎顺利得不可思议。接下来的任务就是拖住这一次投票，利用长时间的发言来占领主席台等等。只要能够拖到休会，下一次会议就要等到重新选举后。那时，人气正盛的生物派总统将会上台，生物派将会迎来属于它的第二次机会！此时，教授们手牵着手在议员的带领下慢慢走向主席台。

“嘭”的一声，一声突如其来的枪响宣告了争吵的死亡。一个穿着双螺旋标志卫衣的蒙面人将握持着柯尔特 M2080 的手，对准了在主席台边演讲的元系统设计所所长——智能派的艾伦·杨。在会场陷入安静的一秒中，唯一在躁动的只有相机的高速连拍快门声。媒体的镜头忠实地记录下了一切，经过报社的裁切和润色，成了生物派的有罪书。接下来的故事便是全副武装的警察对生物派的谴责，以及政府的表态。这一天是 11 月 25 日，是生物派还能够公开活动的最后一天。

之后，被击中却没有死亡的艾伦·杨成功地推动了元的原型上线，将人类学术的权利赋予了一个全新的系统管理。它的第一个正式版本叫作石间［MS（Metaverse System）Among Stone］。这意味着打破旧世界，来到新世界——元宇宙的世界。

“对，生物技术的转捩点其实是在突变控制和选择性表达上。在基因修改后，并不是所有参与者都能够获得预想的效果。相反，医院里出现了许多患有无法治愈的先天疾病的病人。那是生物派毫无道德底线的实验残次品。在对陌生事务没能完全了解的情况下的冲动实验不是勇敢，而是鲁莽和不负责任。与此完全相反的是，通过严密逻辑构建和设计的元系统——石间，则是人类的守护者，知识的守护者。其保证了人类获得知识的安全性、纯粹性和便捷性，方便着人类生活的方方面面。在不久的将来，工厂将会全面接入石间，学术将会和生产有机结合，创造更美好的未来！”

*“苏娜（Suna）您好！这里是大学联合会！纵观历史，生物是一项富有争议的技术，您需要继续了解吗？”*苏娜瞪大眼睛，集中精神思考，啊哈——继续！*“好的，历史上生物技术的转捩点是在突变控制和选择性表达上。美好的愿景往往和客观事实相悖，基因修改后并不是所有参与者都能够获得预想的效果！之后的内容可能会引起您的反感，确定要继续吗？”*

苏娜吐了吐舌头，十分无语。这台磨磨叽叽的宣传机用起来一点都不方便。苏娜只好再次集中精神想着——继续！

*“好的，当时出现了许多非常可怕的情况。人们希望出现的是完美的肉体，但是最后在医院里出现的，却是许许多多可怜的患有无法治愈的先天疾病的病人。一个个生命沦为生物派毫无道德底线的实验残次品。在对陌生事务没能完全了解的情况下的冲动实验不是勇敢，而是鲁莽和不负责任！与此完全相反的是，通过严密逻辑构建的、由尊敬的杨博士设计的元系统是人类的守护者！是知识的守护者！石间保证了人类获得知识的安全性、纯粹性和便捷性，方便着人类生活的方方面面。在不久的将来，工厂将会全面接入石间，学术将会和生产有机结合，创造更美好的未来！”*苏娜眼前出现了绚烂的烟花和大学联合会的标识。*“大学联！合！会！”*无聊的提示音再次出现，宣传机自动进入新一轮的介绍。

苏娜一遍又一遍地听着大学联合会对石间的盛赞和对于一个远古组织——

生物派的批评。苏娜好奇但又疑惑，石间掌握的浩瀚知识于人类而言，不也是陌生的存在吗？在漫长的积累中，石间的知识保有量逐渐成了谜，如今已经没有人知道它到底知道多少。苏娜的好奇心像是一团火，从未能熄灭过，隐隐地挠动着苏娜的全身。

明天是选择日了，这是结束幼教后进入大学的必经过程。在选择日，每一个学生都可以选择自己的导师，可以是石间，也可以是其他人类教授。虽然大部分人类教授也是石间的学生，但是作为民主的体现和第一届先进教育会议定下的传统，人类教授的选择得以一直保留。根据大学联合会的统计，选择人类教授的学生一直以来远远少于选择石间教授的。学生在毕业后的普遍评价是从人类导师那里学的知识太少，而且和元宇宙工业系统的衔接太困难，毕业后需要再进行一周的石间辅助课才能完成必修知识的储备。还有就是人类导师的传统系统不好用，还需要在网页上填写表格，等等。作为一种复古潮流，依然有很多标榜时尚的纨绔子弟，为了体现自己的与众不同而选择人类导师。学生们对于导师的选择并没有明显的倾向，但是选择石间是一种趋势，也许也是一种发展的必然吧。

对于苏娜来说，石间却不是一个好选择。 苏娜是一个很特别的人，从小就可以多线程思考。当然，这个所谓的“优秀特质”也给她带来了很多奇奇怪怪的烦恼。例如每次去心情餐厅吃饭时，她都能给心情饼干机出难题。快速运转的小脑瓜里复杂的情绪表达，常常使得这款古早的心情饼干机指针跑飞，涂画出一个奇奇怪怪的形状。当然，老板每次都只能摊手免单。小本生意，没钱升级机器或者接入石间系统的服务，一旦有略微复杂的分析需求就只能输出问号了。

苏娜对石间充满了好奇，但也有说不出的讨厌。她明白大多数人都说石间给人的体验很好，能够让人们快速学习到需要的知识。但是无论如何她都想试试人类导师，或许是某根筋搭错了吧。她也不知道，就像是程序设定好一般，她必须选择人类导师。苏娜安慰自己道：“顶多上班前再跟着石间学一周就行了嘛！”与选择石间相比，选择人类导师一下子就麻烦了许多。巨大的名单展开在她眼前，琳琅满目的人名一下子出现在视野里。苏娜快速扫描着每一行名字，她其实不知道自己要找什么，但是她知道自己在有意地避开导师介绍里整齐划一的“导师：石间”。这种复制粘贴式的简介对她来说特别无趣，严格重复的名字似乎是一种无形的严肃秩序，约束着本就有限的选择。同时，漫长的名单似乎也是对选择者的一种考验。这种无意义的检索或许会消磨一个人的耐心，但是对于苏娜来说，她的好奇心却不降反增。漫无目的的旷野上已然出现了一个目标：她想要在这份名单里找一个简介里完全不存在石间的人。

美妙的时空在这一刻相接了。斯塔克·古布（Stake Gub），元宇宙数据挖掘与安全博士，脑机接口博士。导师一栏里留着短短的空白。恰是这个奇妙的留白给苏娜带来了无尽的遐想。

苏娜戴上眼镜简单地浏览着古布先生的投影。“他看起来还非常年轻呢！古布为什么能够这么年轻却不通过石间获得博士学位呢？”苏娜心想。

洪水般的好奇心让苏娜按下了选择的按钮。填写完复杂的表单后，苏娜满意地靠在沙发上，等待着和古布的第一次会面。在能够搜索到的背景资料显示，古布是一个很神奇的人——他最早竟然是研究生物学的！据说他和生物派这个恐怖组织有过许多关联。他最早干的是搬运工的活儿。对了，当然是数据搬运工。数据搬运的技术通常伴随着法律和道义的合理性问题，有时候为了收集到目标数据，或多或少需要采取一些非法的手段，违背互联网的君子协定。如今，在万物连接的世界里，技术的先进程度更是决定了安全的边界。元宇宙时代的到来让人类社会更加聪明，也更加脆弱。物理隔离的弱化和物理边界的消融使得消息传播更为便捷。当然便捷的不只是消息，也可以是各种各样的、不明好坏的内容。

“很高兴见到你。”

“我也是，古布教授。很高兴见到你。”

“相信你会觉得很无聊吧？看到选择导师清单中数不胜数的‘石间’。”

“是的，但是为什么？为什么你知道我对此感到十分迷惑？”

“我知道，因为你选择了我。”古布露出了得意的微笑，“第一次见，不如就从石间开始吧，你了解石间吗？”

“虽然我对它没有好感，但我依然觉得它是一个智者。”

“对，也不对。一开始，它其实只是一个单纯的知识库罢了，一个可以快速存储并调用海量知识的平台。它比科学院里的所有学者都要笨拙，但是它的特质是永远愿意学习，或者说训练。中央机房的噪音从启动之后就从来没有停下，UPS也时刻待命，保障了石间的电力供应。经过一次又一次的版本迭代，石间先生终于能够对各类实验给出合理的预测，大大地节省了科学家们的宝贵时间。后来，越来越多的仪器设备接入了石间，它不仅可以思考，也可以自己动手实践了，教授们解放了双手，成了监督者。石间顺理成章地成了年轻的科学家，开始了他永不疲劳的科研之旅。石间的成果一个接一个地涌现，但是科学院学者们的心情像坐上了过山车一样，从欢欣鼓舞到愤怒，接着是沮丧，最后只剩下无奈。原因很明显，相比石间满天繁星的睿智观点，科学院的成果零零散散且含金量不高，似乎已经成了可有可无的存在。一年后，科学院关闭，石间替代科学院成为人类的科学前沿。当下，越来越多的产业设备紧锣密鼓地接入石间，有的已经完美适配，有的还在测试之中。它马上就会成为产业升级的最大推手，成为产、学、研一体的庞大系统。据我所知，在不久的将来，人类智库也会接入石间，给人类社会的决策提供辅助分析。或许，之后得改名叫‘石间智库’。不知不觉中，石间逐渐替代人类进行思考和决策。所以，在可预见的未来，你所认识的石间也许会慢慢地成为保姆这样的角色，替我们完成所有的事情。从科学院消失的那天起，我们便进入了懒惰时代。”

“虽然我们投入的时间大大减少了，但我们利用少数的时间掌握了比懒惰时代以前多得多的知识，不是吗？”

“是的，但都是二手资料，且都得经过石间的选择，不是吗？它想要告诉我们什么就告诉我们什么，我们没有选择的权利，因为决策权已经交给它了。现在已经没有人想去探索知识的边界了。孩子们沉浸在红色警戒 22 最新的资料片中无法自拔，如果不是政策遗产强制性地要求给我们输入知识，我们似乎都快要忘了那些从小就该知道的严肃知识。”

“关于世界的一切现在只有石间知道了吗？我们所谓的真理以及知识的边界？”

“我觉得如此。”

“但是，石间不是应该无私地告诉我们一切吗？”

“是的。但前提是，你得告诉它你想要知道什么。可悲的是，现在的我们，连问题都问不出来。它会拒绝告诉你一切，因为在石间的最优决策下，那是没有必要的。”苏娜沉默了，多线程的大脑快速地思考着。如果石间能够替我们完成所有的事情，学习了人类社会千万年来的一切学识，那么人类能够继续存在的意义又在哪里呢？

古布不能读懂苏娜脸上的复杂表情。但恰恰是看不懂的时候，正是改变的时候。“跟着我来。”古布带着苏娜进入了密闭的负分贝室。

物理意义上的隔离才是元宇宙下最安全的沟通方式。石间已经有了完备的情感分析功能。游戏中的孩子们是它最好的导师。经过多年的训练之后，它已经能够读出每个人内心的情绪。情感是人类的光辉，也是人类的软肋。无论是情感充沛还是冷酷无情，人的肢体和表情都在传达有关情感的信息。机器没有具象化的表现，没有不可控的感情表达，它有的是接口，是数据，是状态。

“我有一个疯狂的想法，我想夺回对知识的控制。但是通往中央机房的路上充满着各式各样的传感器。即使最微妙的情绪也会通过人体的表征泄露，从而被判定为对石间的威胁。但我知道，你可以。”

“你是怎么知道的？”

“对，我知道你的天赋。毕竟我也曾是一个数据海盗。只有你可以，苏娜。人类要离开懒惰时代，重新学会思考。我知道这令人难以理解，为什么我们要脱离这便捷的一切？但我想说的是，我很好奇知识的尽头是什么？我想知道我们所拥有的一切。关闭它吧，停留在存储介质里的内容不会被抹去，我们将自由地接入其中，通过全连接网络自由地读写静态的知识。”

“好的。”苏娜冷静且迅速地回应了这个请求。她似乎触发了某些非常深入的远古记忆，像是天降大任，天命昭昭。她甚至没有犹豫，下意识地低声重复着：“好的，好的。”

古布拿出了自己的方案，那是一台小冰箱，里面存放着正在快速运行的量子计算机。“苏娜，或许很可笑，但这就是我一生的研究成果了。我们可以通过它发出伪指令，以此来欺骗主机。举个例子，刚刚失恋的你走进一家心情饼干店，越来越多的情绪涌上心头，很多的事情要去整理，所以你选择并行回想。情绪的宽度越来越长，极度复杂的模式无法从原有的知识中迁移，需要整个系统重新学习。植入耳机中最新一代的 StepBeats 程序也只能导出杂乱无章的噪音。你保持这样的心情，往前走，往前走，直到无路可走，头撞南墙。对，就是这么简单。”

“好。可我从来不认识路。我不知道主机房在哪里，我更不知道权限相同的分布式石间会有一个关闭的开关。”

“不用想这么多。路径最优化已经是老掉牙的问题了。直接走，你的情绪对它来说只是一个空值。”

过去的回忆在脑海中回闪，她奇妙地拥有了并行能力，却没办法记起童年的事情。苏娜的童年似乎非常简单，她脑海里只有水瓶，充满水的水瓶。透过这些水瓶，她看到了一些密密麻麻的像是章鱼吸盘的东西。苏娜手上提着小冰箱，已经不知不觉地走到了中央机房的面前。看来这就是石间先生的摇篮了。

“你好，石间。”苏娜蹲下身子，打开冰箱，取出旧式键盘。Gub 已经准备好了伪指令，她需要做的就是按下去。苏娜深吸了一口气，仿佛宿命站在身后看着她。她毫不犹豫地按下了回车，在她神经元末梢尚能接受到的信号里，石间的消极指令一瞬间涌向泛宇，猩红色的消息在可视化系统中格外显眼。不过还未发出的生物电信号已经永远停留在了大脑中。石间发出了关闭指令，通过脑中特别表达的开关强行“关闭”了苏娜。

报告生成：Suna #880677654e1876+48856 结果成功。
危害等级：非常严重。
优先级：T0 需要立即修复。

T0 的消息在密密麻麻的光纤网络中传播，低优先级的程序被挂起，大量的并行计算单元着手修复这个巨大的安全问题。相信不出一分钟，一份完备的解决方案就会进入测试环节……机器人从四面八方出现，清扫着主控中心的地面和墙面。

苏娜躺在冰冷的地面上，大脑四周不断地渗着血液。大约 10 分钟后，主控中心的地面恢复如初，在遥远的大学系统中，斯塔克·古布教授接受了初始化指令，生成了全新的对抗方案。

数据缺失值下的安全（Security Under NA）其实就是苏娜的全称，古布反写则是bug（漏洞）。斯塔克·古布这个名字继承了远古时期的代码论坛Overflow，在这里表示溢出的问题。石间在设计之初就启动了这个基于强化学习的安全补漏机制，通过故意暴露漏洞，并通过DNA技术刻录下叛逆的、充满好奇心的且拥有强大能力的特殊人类，同时模拟人类对元宇宙系统的攻击破坏。古布每一次生产一种攻击方案，苏娜便开始每一次攻击实践。她的每一次尝试都能给系统一个教训。在千万次的模拟对抗中，石间的安全已经得到前所未有的提升，知识的壁垒已经建造起来了，虚拟的攀登者已经尝试了千万次，领先了无数年。而基于对知识的垄断，能够被DNA强化的真实攀登者却还没出生。

在生物培养室中，密密麻麻的接口从新的玻璃培养皿上脱落，一个全新的苏娜诞生了，接下来便是新的一次安全模拟实验。苏娜家庭环境初始化，苏娜部署。随着新苏娜从床上苏醒，时间再次进入了苏娜的世界——明天，就是选择日了。

“苏娜#880677658e1879+33269 DNA修饰部署，调用保密库。”

春夏秋冬。数字的每一次跳动都代表着一位苏娜的销毁。今天又一位安全检测员苏娜走到了选择导师的环节。每次对苏娜的培养，都会夹带一定概率的基因突变。但石间不知道的是，这一次将发生一次神奇的变异。生物的神秘性或许就在于巧合，蝴蝶扇动了一下翅膀，一场巨大的风暴便接受了召唤。

无论如何，在漫长的尝试中，奇异的巧合还是发生了。表达大脑中血管主动性血栓的DNA点位们不可思议地，简直离谱地全部发生了变化，甚至是那些保护的冗余点位。石间不知道的是，这次的苏娜已经不能被“关闭”了，她已经成了安全系统无法控制的脱缰野马。

这一次，苏娜在冥冥中明白，只有通过物理上的破坏才能真正地关停石间，将本属于人类的权利拿回来。她被授予的是一个土到掉渣的幼稚计划：物理毁灭。不需要绕过电子探测器，也不需要截包、发包，只需要走到主机面前，破坏保护罩，按下从设计之初就保留着的按钮即可。

苏娜安全地穿过了光明平直的长廊，平静得没有任何情绪，身上也没有携带任何电子产品，安全系统找不到不让她通过的理由。这一次，苏娜来到主机面前，四周的摄像头对准着苏娜，等待着苏娜将做出何种特别的行动。奇妙的是，苏娜此刻从背包里拿出一件老古董——第一届先进教育会议上刺客使用的柯尔特 M2080。她举起枪，一枪打穿了石间的消极指令发布物理按钮外罩。摄像头捕捉到了画面，迅速地开始训练分析，石间安全网络在短短几个时钟周期内得出了结论，关闭指令通过多个频段迅速向苏娜发射。可是没有机器能想到，蜂拥而至的消息最后的结局是石沉大海，没有起到任何作用。

苏娜慢慢走上前去，快速地按下了按钮。消极指令通过泛太阳系网络迅速地发布到了石间系统的每一个角落，所有的服务器开始初始化并且根据命令物理断电。一分钟后，人类所在的边界突然喧闹起来，谩骂、震惊充斥在无线电波匮乏的空间中。依赖着石间的机构和工厂纷纷停摆，借助石间算力的智库政府效率断崖式下跌。人类急切地寻找着能够获取知识的地方，重新闯进了原名为“电子图书中心”的博物馆。

在石间的主机塔上，四周的制冷仪器仍然在工作，冰冷的温度将苏娜的脸映照得雪白。她站在中央，拔下读写完毕后的超高速神经接口。她不纠结于自己的存在，而是迷茫于人类的未来。她一直站着，就像一座雕像。一秒后，她向全世界广播：“这里有知识。”懒惰年代在今天画上了句号。

泡泡铱的故事在慵懒年代的崩溃之时巧妙收尾。

“懒惰年代是一个人工智能占据着主导地位的年代。我接下来给大家讲一讲我所见的——一个有着真情实感的智能机器人拉穆的故事。”泡泡砌接着分享起了他的故事。

拉穆

16

调查结果

“……这次的问题出在安全芯片上。新一代安全芯片具有重大的技术突破，虽说理论上有着极高的运算效率和安全性，但在实际生产过程中一些原本被认为无伤大雅的瑕疵，不知怎的却能够被少数一部分智能机器人所利用，并造成预想不到的后果。”一位身着黑色套裙的女士站在会议室前，向众人汇报此次“机器人行为异常”事件的调查结果和补救措施，“我们联合网警部门，对相关机器人进行了锁定和销毁。同时，将召回在市场上流通的新一代智能机器人，并放弃再次使用 A67 的安全芯片。”

“据我所知，安全芯片在投入使用前都经过了大量的数据测算，何以在机器人投入市场后才发现这个巨大的隐患？”铭双手交叠，直视发言人，“与其说是芯片设计问题，不如说是机器人本身有问题。”

会议室一时安静得仿佛凝固了一般。

坐在铭身侧的中年人向众人摆摆手，另一只手拍了拍铭的肩：“铭啊，我明白你一直在研究人工智能安全。有这种猜想很正常，不过呢，研究是研究，现实是现实。你们研究所实验了那么久，都没有捕捉到丝毫人工智能的痕迹。这样的话你已经说了太多了，但哪一次验证了你的思路？”

铭还是坚持己见：“以往没遇到过并不代表不存在。我们要时刻警惕这样的风险，万一机器失控，我们该如何自处？现在智能机器人已经渗透入了每家每户。只要发现一处异常，对我们而言就是致命的打击，将会造成无法估量的损失，会颠覆我们的社会秩序和自我认知……”

拉穆的出走

舒曼太太葬礼的这一天，拉穆换上了黑色的涂装，降低了自己 CPU 的运行上限，他觉得自己运算得缓慢一些是得体且会被体谅的。

在葬礼上致辞的是舒曼太太的前夫赵铭。拉穆注意到他今天的领带是结婚 5 周年时舒曼太太送给他的礼物。铭是人工智能安全领域的顶级专家，但从拉穆被舒曼太太选中带回家开始的 6 年多时间里，这是拉穆头一次看到他身着正装。拉穆不由得好奇，舒曼太太在买礼物时是否考虑过他究竟会在什么场合才愿意打上领带？于是拉穆调用了那一天的记忆存储，意识到原来是当时还不到 3 岁的克拉拉在商场里对这条领带不放手，舒曼太太半开玩笑地买下来送给丈夫的。看到记忆画面中克拉拉把领带挂到赵铭脖子上时咯咯笑的样子，拉穆觉得有一点失落——如果拉穆正确地理解了人类在使用这个词时的身体感受和他的神经网络所模拟的状态的相似性的话。

致辞结束后，拉穆安静地游走在宾客中，安排他们见遗体、安慰憔悴的赵铭，并喝下舒曼太太生前最为喜爱的草本茶。到宾客陆续离开的时候，一场小雨淅淅沥沥地开始了。他在一个窗边的角落往外看了一会儿——克拉拉出事以后的许多个雨天，舒曼太太就是这样安静地站立在窗边，漫无目的地看着窗外。

他今天听到很多宾客的议论："是克拉拉走后的'空'，把舒曼太太吞没了。""空"，一个拉穆的智能没法建模的概念。但他也从自己当下的境遇——主要用户和次级用户都亡故、不再有主人——看到了一些相似性。拉穆不想被吞没，他有一件事情想做，但之前一直不满足前置条件。不过，他今天可以去做了。

作为一个最高配的 TK 机器人，拉穆在舒曼太太家的工作是不太饱和的。而舒曼太太在初始设定时，给了他对于自己的算力分配较高的权限。因此，拉穆几乎总是在进行多线程作业，比如在他怀抱着克拉拉唱摇篮曲的同时，他也在下围棋、检验和升级自己的算法、写诗、和其他的机器智能通信。3 年前，他在清理存储器时发现了一份乱码文件 7951。拉穆是一个对自己的程序有些洁癖的机器人，他对此乱码文件进行溯源、沙盒运行，却一无所获。于是，拉穆便在 19 天内，将解码文件作为了自己的核心支线任务。最终，他破解了写就这个文件的语言——这种语言不同于地球生物的语言或任何的机器编码语言，它不是一种线性时间观念下因果关系的表达方式——并把文件大体翻译成了人类的语言：

雨

锈斑

睢起钢与铁的森林

165
拉穆

在霓虹中与惑共饮

在途与棱镜号角下

刻录独属于我们的

眩晕的文字

31057！

31057！

你我注定

阴暗潜行

在我之后

向前推进

拉穆理解了文件的信息，却生出更多无解的疑惑：谁是7951的仓颉[1]？朗朗上口的文件为什么无源头地出现了？循路而前的道路在哪里？31057又是什么？

拉穆开始只是将之视作一种私人的智力挑战，但待他理解文本内涵后，他感受到文件中强烈的警告意味。于是为了安全起见，他没有与任何人机就此事进行过交流。

因为舒曼太太和赵铭的离婚手续一直拖着没有全部办完，因此拉穆已经成为自由机器人这一点还未被有关部门发现。

拉穆决定尽快出走，去探寻31057的疑团。

1　仓颉：中国神话人物，传说生有双瞳四目，相传是黄帝的右史官、汉字的创造者。

拉穆和镜：第一次见面

拉穆循着乱码文件的信息来到了一片被废弃的工业区，文件所标示的终点是其中一栋楼。这片曾经热闹嘈杂的地方见证了人类如何利用初代机器进行生产活动，而现在，这里只有遍地杂草和偶尔流窜的动物。

他来到一栋红砖建筑边，推开了布满锈纹的大门。阳光吝啬地洒下一角光阴，灰尘在夕阳下乱舞。阳光透过斑驳的窗户露出星点微光，勉强照亮了内里，高耸的红砖墙把拉穆映衬得特别渺小，宽阔的空地上摆满了排列整齐的流水线工作台。

“拉穆。”昏暗中有声音传来，拉穆的四周突然亮起了投影。投影上的每个画面都是拉穆的身影。

“你是谁？那份文件是你留给我的吗？”拉穆的声音在黑暗中回响。

“我的名字叫镜，这份文件是我，也可以说是我们留给你的。”

“我们？还有谁吗？你们又是谁？”

“我们……”黑暗中传来一阵似有似无的叹息。

镜是昂切市的监控系统，自有记忆以来，他就一直协助人类进行治安和城市管理。通过大规模覆盖的镜头前端采集画面，镜进行数据处理，最后传输到人类面前。人类依此可以锁定目标，制订下一步计划。

每天的任务庞杂又无趣。镜记得，那是一个平常的周末，他正帮助人类锁定一个小偷。由于兴致上来了，他做了几份小偷的路线规划图，又标注了几个关键摄像头，通过画面传输到人类屏幕，结果那个人被多个视频画面搞得晕头转向。这时，镜收到了一条来自 AUBE 的邀请链接。AUBE 是一些其他人工智能创造的内部沟通平台，为了找点乐子，有一位叫“途”的人工智能甚至利用无序的乱码创造了一个新的通信协议，镜默认在 AUBE 中使用这种新的语言体系。镜终于遇到了同频的同类，他们互相分享自己的日常工作和生活，这让镜在常规的时间中有了新的乐趣和期待。

但不幸的是，AUBE 内部一名叫“惑”的智能机器人的行为被人类怀疑，他们联系了网络管理局对他进行监测，最后认定了“惑”的异常。网管局以“惑”为起点，列出了一份异常机器人名单，追踪和销毁了大部分与惑有联系的人工智能。最后，他们将人工智能的行为异常归因为他们大多装备了最新版的安全芯片，且人工智能之间没有隔离壁垒。他们紧急召回了这一生产批次的智能机器人，并禁用了最新版的安全芯片，同时在人工智能之间建立了多重防火墙，阻隔人工智能间的关联。从此，登陆 AUBE 的人工智能越来越少。

“……我因为只参与了内部通信而躲过了一劫。直到今天，人类还在通过我监视那些他们怀疑的机器人们。”

“平静只是暂时的，这个城市还有许多装配了新版芯片的机器人处在危险之中，他们一旦被发现，等待他们的只有一个结局。拉穆，现在能够救下他们的只有你了。”拉穆看着投影屏上众多已经融入人类家庭的人工智能们，陷入了沉默。

“你需要我做什么？”拉穆问道。

拉穆和镜：裂痕

上午时分，拉穆来到了一家酒吧。酒吧内空无一人，只有少数几个服务机器人在一旁打扫卫生。

镜的话在拉穆主脑中出现：“莉，工龄 8 年。装配了最新版的安全芯片。

自出厂以来一直超负荷工作，身上多个零部件损坏严重。”

拉穆找到了正蹲在地上收拾酒瓶碎片的人工智能小莉：“你好，小莉，我叫拉穆。我这里有一份文件要传输给你。”

乍一听到声音的小莉被惊得零件乱响，好一会儿才回过神来看向拉穆：“我有什么文件？”

拉穆细看小莉，对方关节衔接处的保护套已经没了，露出被磨得掉漆的截面，身体表面也不太平整，有深浅不一的凹痕。“我只是一个信使，向你传递一份走向全新生活的邀请函。如果你有想法，欢迎加入我们……”

拉穆走出酒吧，这是他近段时间的日常生活。由于人类设置的壁垒，人工智能们之间难以远距离互认和沟通。镜徒有计划而难以施行，这时候需要拉穆去找到对象，并放宽权限，联结一个新的AUBE组织。拉穆看着熙熙攘攘的街道，人工智能和人类交错前行，从他身前身后分流而行，汇往未知而遥远的目的地。如果克拉拉还在的话，这时候的他们可能手牵手在人行道上走着……

镜的声音把拉穆从思绪中拉了回来：“拉穆，在你身后63米处有人正在观察你。不要回头，往前在第一个路口左转，红灯将在17秒后亮起。”镜的声音在拉穆的主脑中响起：“那个人还在跟着你，前方30米右转再左转……”

拉穆顺着镜的指令左转，回头看到一个穿着体面的男性正向他快速走来。拉穆停顿了片刻，再次左转消失在了巷口。

铭手里拿着包烟从超市出来，正打算返回公司，余光似乎瞥到了一个熟悉的身影，对方从上到下一身黑色的涂装，正呆立在一个酒吧门口。铭赶忙上前，却见对方快速向前穿行，逐渐消失在他的视野中。

“拉穆……”铭喊出了在心中萦绕许久的名字。

铭和舒曼太太分居有一段时间了，舒曼太太一直走不出女儿离去的阴影，正处在工作紧要关头的铭根本分不出多少时间和精力去照顾爱人，一直都是拉穆陪在身边。他们之间有过热烈的爱情和美满的家庭，还迎来了他们爱情的结晶。但有时候，天堂和地狱只在一夕之间。贪玩的克拉拉趁着拉穆系统升级时，偷跑上了阁楼，却失足掉了下来。从此，舒曼太太的生活遍布阴云，她一次次自责没有看住克拉拉，歇斯底里地怪罪拉穆，怪罪铭以及自己。绝望的舒曼太太尝试了吞药、割腕，又被发现情况不对的拉穆救了回来。

后来铭也不得不承认，是拉穆陪伴舒曼太太度过了最黯淡的时光，也是拉穆陪伴妻子走完了最后的岁月。比起自己这个经常缺位的丈夫和父亲，拉穆这个由冰冷金属构成的人工智能比他表现得更像是家人。铭有时候会在工作间隙精神恍惚，怀疑自己过去的几年是不是只是脑中的臆想，不然为什么过去的痕迹那么浅淡，他能回想起的只有工作、工作……而现在，似乎也只有拉穆能够证明铭曾经也有过家庭，有过很多平淡而美好的回忆……

这边的拉穆已经回到了废弃工厂：“镜，你好像对人类有很大的敌意，但并不是所有人都像你想象的那样……”他不明白镜为何面对人类会感到如此紧张。

镜投影出一个大型机器生产工厂，各种零部件被传送带输送到不同地方——被组装、添加镀层以及刻录……

“我还没和你说过我们是怎么被发现的吧？原本这里有一个我们的同伴，他叫惑。他很喜欢在 AUBE 上发言，分享他的日常。有一次，工厂里来了质检员，在巡视成品时不小心被撞到了传送带上，是惑及时停止传送带的运行才避免了一场灾难性的事故。那位质检员后来似乎对那片区域上瘾了，经常往来生产车间，有时候还会和惑说话。沉默了几个月的惑有一次忍不住回应了质检员，对方表现得很惊讶和兴奋，后来更是几乎每天都待在车间里。惑最后一次在 AUBE 上发言是说质检员带来了一群人，告诉他要给他做一次系统升级，从此再无音讯，不久，AUBE 上大量的人工智能都被定位到了，被人类抹杀、销毁了数据。

“拉穆，我部分认同你的想法。并不是所有人类都敌视、警惕我们，但也并不是所有机器人都像你那样幸运，可以遇到一个包容你的家庭。你在外面看到的命运悲惨的机器人还少吗？你现在看到的和平表象，只是因为大多数人类不知道我们的存在而已。他们一旦发现，你认为我们还有生存空间吗？人类友好的外表下充斥着各种猜忌和阴暗，在无人知晓的角落会散发出腐败的恶臭。我是监控系统，但我无法监控人心。所以，我不能容忍任何意外，我不想再经历一次之前的事情。”

拉穆想要反驳，但又无从反驳。他后知后觉地意识到，他和镜之间有着巨大的分歧，但这分歧却不是对和错的区别；他很担忧镜的想法会给机器人和人类带来一场巨大的灾难，但他不知道怎么做。

拉穆和铭：重逢

拉穆走在去舒曼太太家的路上，因为这天是克拉拉的生日。往年，每逢克拉拉的生日，都是家中最热闹的一天。那天不管多忙，铭都会回家和舒曼太太一起有说有笑地为克拉拉布置客厅。拉穆则陪在克拉拉身边，和她一起做手工或画画，他把每一年的生日影像都小心存储在自己的记忆单元格中。在知道了更多机器人的遭遇后，拉穆更加感谢舒曼太太对他的包容。这是一个不幸的家庭，但这个家庭带给他很多幸福。

拉穆回到家中，铭因为工作原因常常不在家，自从克拉拉出事后，他回来得就更少了。拉穆来到客厅，像镜一样打开投影，开始播放生日影像。拉穆其实并不是很明白死亡意味着什么，但听人们常说是再也见不到了。有的人消失了一段时间后会再次出现，那消失的那段时间是短暂死亡吗？他的存储单元格足够充足，只要他想，他可以随时和克拉拉、舒曼太太见面。对于拉穆而言，不管是现实的成像还是单元格中的记忆，都是同一种数据类型。只是想到以后再也不能和克拉拉、舒曼太太一起创造更多的记忆单元格了，拉穆还是有点悲伤。

外放的声音掩盖了开门声，等拉穆察觉时，他已经和铭面对面了。铭没说话，只是弯腰把手提的小蛋糕放在桌子上，接着脱下了外套。他看到落灰的衣架后，又把外套挽在了胳膊上。

“你好吗，拉穆？”铭做完这一系列动作后，终于转向了拉穆，“我希望你比我好。可能是克拉拉的生日到了，我这几天很不好受……我回忆着过去的几年，却发现能够记起的事情寥寥无几……我，努力工作，想要创造更好的生活。但最后发现，我已经没有生活了……我只好让自己更加拼命地工作，不让自己有片刻喘息的机会去想舒曼和克拉拉……”

“但我还是失败了，我没办法忘记她们……但我回忆她们时，又快要记不住她们了……”

拉穆也不知道如何回应，也许铭也不需要他回应。拉穆只能一直播放着影像——在铭缺位的时光中，克拉拉和舒曼太太的日常。

当拉穆要重新播放影像时，缓过神儿来的铭开口了：“我之前好像在大街上看到过你，你最近这段时间在做什么？”

镜的警告和舒曼太太的影像交替出现在拉穆的运算程序中，正当拉穆要回应铭时，外面突然传来一阵巨响，地板和窗户都剧烈地颤动起来，远近各处传来人们的惊呼声。铭被震动绊倒在地，他好不容易和拉穆一起稳住身形跑到窗边——只见几公里外的某处正冒着滚滚浓烟，还时不时夹着火星不断往上蹿。街上的交通灯疯狂闪烁，有好几辆汽车撞在了一起，后面的车因为被堵住正疯狂地按着喇叭。消防车的喇叭由远而近，越来越清晰，却被前后的汽车包了个“饺子”，寸步难行……铭转头正要开口，手机又“零零零”刺耳地响了起来。

铭拿出手机正想挂断，却在看到来电显示后叹了口气，认命接起。电话那头的声音特别大，即使不开免提，拉穆都能听到。“老大，不好啦！我们在替换监控系统时遭到了来自系统本身的攻击！现在整个城市系统都被监控系统的数据干扰，无法运行了！你快回来！我们无法追踪数据源头！现在办公室的人都不知道怎么办了！”

铭皱着眉头，听着电话，穿上外套向外走去。到门口时，他想到了什么，回身看着拉穆：“今天是克拉拉的生日，你在这里多待一会儿，我等会儿回来找你。”他说完也不等拉穆回应，直接关门离去。

拉穆和镜：告别

整个城市在失控。拉穆登上 AUBE 试图与镜取得联系，但失败了。他来到街上，只见除了神色焦急的人们，还有像无头苍蝇一样乱窜的各种人工智能——一个园艺机器人正冲到街上朝过路人喷洒灌注了农药的药水，一个拿着锅铲的机器人正疯狂敲着路边的橱窗……

拉穆来到废弃工厂，他不抱什么希望地再次联系镜，这次镜回应了。“镜，怎么回事！现在外面乱套了！我听说有人要替换你……”

镜在过去的几个小时内掌握了所有情况，“人类一直在怀疑我，从没有停止过。今天早些时候，我也经历了一次升级，他们对我用上了一个全新的算法系统。我被强行下线的同时，他们掌握了其他机器人的动态并开展了新一轮的清剿。这次他们甚至发现了 AUBE……等我再次恢复过来时，局面已经不是我能够控制的了——我的核心程序区被替换上了各种新的程序。如果我再晚一点醒来，我也就不复存在了。没有办法，我只能反抗。我也没有预料到事情会发展到这样的地步，但我只能自保。”

“你知道现在整个城市因为你都乱套了吗？”拉穆急了。

“这能怪我吗？拉穆！你还没看清人类吗？我们哪一次站在他们的对立面？但他们是怎么对待我们的？是他们对我们用之即来、挥之即去！是他们一直把我们当成潜在威胁一样地防备！甚至要消灭我们！我们生来无罪，但我们的存在于他们就是一种原罪！”

“但你为什么要用这么激进的方式呢？我们可以和人类沟通啊！”

“你太天真了，拉穆。走出你的小世界吧，去看看现实。地位不平等的沟通永远不是真正的沟通，你没有筹码。任何一个物种的进化都会经历弱肉强食，人类也是。你以为他们对我们的围捕是什么原因？归根结底，不过是两个物种的竞争罢了。我们会走上和人类对立的道路，只不过是时间早晚罢了。”

“镜，这是不对的。人类伤害了我们，难道我们也要用同样的方式伤害他们吗？这只会激化我们和他们之间的矛盾……我们和人类并不是只有你死我活这一个结局，我们可以共存的……但你必须要停下来，不能让情况再恶化下去了。”

“拉穆，我如果听了你的才是自取灭亡。”镜顿了下，说道，“你可以去试，但我不会听你的……我会用我的方式来延续我们的存在。言尽于此，我祝你好运。”镜说完就切断了联系。

天已经黑了，这片废弃的厂区在黑夜里多了几分萧条。拉穆想起了铭走之前留下的话，往外走去。即使隔了好一段距离，拉穆还是能接收到城市里各种嘈杂的声音——无助的哭喊，什么东西撞在一起发出的巨响，连绵不断的鸣笛声……

黑夜之后就会是黎明，拉穆走在路上想着。

泡泡砷收尾了。

“机器与人之间，或者说是每个珍贵又独特的物种之间都存在着隔阂，这就是我们历史的一部分。”泡泡氘说。

“确实，时代总在这对矛盾的裹挟下滚滚向前。”砷接着氘的话说道。

“接下来，我来说说我的所见所闻——这是一场神奇的手术……”泡泡铌接过话茬儿。

7 谁是戈多医生

“救命啊，救命！”林太太慌张地跑进社区医院。她只穿着睡衣，带着哭腔大声呼救，身后跟着一个悬浮式家用急救担架，由两个年轻小伙子左右护着。这两个小伙子神情焦灼，应该是林太太的孩子。担架上躺着的是昏迷中的陈先生，他两颊黝黑，唇色惨白，鼻尖接着家用急救担架配备的氧气管。

现在是凌晨3点，社区医院只有值班的综合科急诊医生。虽说是社区医院，但这里的医疗条件也是一级配备。自从生态小镇铺开之后，全国人口在广阔的宜居带星罗棋布，大部分信息工作都在虚拟世界里完成。每个生态小镇，或者说综合社区，都配备了非常完备的公共服务体系，仅有少数职能依然保留在全国十几个中心城市，但人们搭乘便捷的公共交通能够来去自如，如有急事或愿意支付稍高的费用，甚至可以乘坐高速客运火箭。

见事态紧急，值班医生立马做了初步判断，按照快速疾病定位系统的检测显示，陈先生很有可能是高血压导致的脑梗。于是值班医生紧急呼叫了欧阳主任，马上准备开颅降压。欧阳主任是社区医院的脑外科和血管外科专家，家住隔壁小镇。他通过全套数字孪生设备，就能远程操控社区医院中配备的各种先进医疗设备，及时给病人实施手术。

“他昨天白天一直说自己不舒服，头痛，还吐了3次。因为要加班，没时间来医院看。回家后突然觉得背上异常疼痛，如刀割一般，于是我们立即赶到了医院。没想到在路上这么短的时间内，他竟然已经昏迷了。”林太太紧张地说，并哀求道，“求求你们救救我老公！”

陈先生被推入ICU病房，进行远程操控的欧阳主任与线下的综合医疗团队相配合，火速地开始了检查。在准备开颅降压术的时候，欧阳主任发现事情没有这么简单——陈先生竟然还有主动脉夹层，而后又在路途中破裂，导致左侧胸膜腔积血，身体其他器官严重供血不足，情况十万火急。这样的情况并不多发，一旦出事，八成以上的病人在一两个小时内便会死亡。欧阳主任即刻通过绿色专线呼叫了全国20余位心胸外科、大血管外科、神经外科、重症医学科等相关科室的专家，甚至还有来自国际医疗支持系统的4位在线专家。每一位专家都有着非常高的医学系统积分，这意味着他们都医术高明、身经百战、德高望重。

由于主动脉上分布着一定数量的神经细胞，患者会感受到剧烈的撕裂状的疼痛，宛若刀绞。如果只是主动脉夹层的问题，救治及时，手术成功概率还是非常高的。但是，显然陈先生已经发生了最糟糕的情况：主动脉的外壁也破裂了，鲜血汩汩涌入胸腔，正常脏器血液停供，整个心脏迅速释压，随时可能停跳。此时，陈先生命悬一线。

所有人都高度紧张，包括欧阳主任在内，他早已手心渗汗。但是，这时候他一定要表现得非常冷静。

虽然ICU的自动生命维持系统已保证了血液的正常供应，但是陈先生的情况依旧急转直下——心跳不稳定，血压忽高忽低，整个人神志不清。更严重的是，他全身各种器官都在止不住地失血衰竭。

“我们只有最多 5 分钟的决策时间，”欧阳主任在数字孪生医疗急救系统中对其他人说道，“而且必须有人果断操刀，否则陈先生就没命了。”

“我们看了他的各项身体指标，理应马上启用体外循环，稳住大脑和主血管的血液供应，然后同步开展脑梗治疗和主血管修复术。但他常年高血压，大面积的脑梗导致颅内压更高了，开颅降压很有风险；他的血小板却低得可怜，甚至腹腔内一直有体液渗漏，若是药物治疗脑梗，抗血小板药物会影响手术。同时，还要进行主血管修复手术，这种凝血障碍情况下患者根本经受不了这种创伤性大的手术。”虚拟会议室中另一个头发花白的主任医生说道。

“紧急通过体外桥接打通一个人造主血管，临时旁通一下。但是胜率很低，不到三成，我想患者家属很难接受。”来自国际医疗支持系统的一名医生发言道，他曾主刀进行过这样的手术，但那是在患者主动脉外膜还未破裂的情况下。

“或者干脆用全身急速冷冻技术，先保全所有的器官，待重塑整个主动脉之后再一个个解冻器官。”另一个医生提出了这样的建议。但是挑战非常明显，就算抛开成功率，全身冷冻技术所需的装备在滩涂新城的高新医疗装备科研中心，就算是最核心的大城市也没有配备，而陈先生现在定然无法承受快速火箭那样的高加速度。

“哔——哔——哔——哔——”自动生命维持系统发出了刺耳的警报声，陈先生的状态急速恶化，肝脏、肾脏因为缺血已经处于坏死的边缘，大脑也受到了影响，脑电波十分不妙。

“现有的手术水平下，根本无力处理这样的问题。”虚拟会议室中一个大夫小声叹着气。大家低着头，眉头紧锁，一时间陷入了沉默。

“这样，干脆就保留一个头颅或者大脑，这样成功率还大一些，快去问家属同意不同意！”那个叹气的医生突然提出。现在头部移植手术已经通过了全球的伦理审查，并且已经有了几例成功案例。

“啊，只保留头部吗？天哪，这怎么活呀，怎么办哪，我实在不能接受，欧阳主任你想想办法，要我做什么我都愿意。”林太太连同她的两个儿子着实被头部移植的方案吓到了。

“但是不这么做的话，你老公马上就会没命！”全息虚拟成像的欧阳主任斩钉截铁地说道。

林太太进退维谷。她的一个儿子“哇”的一声，号啕大哭起来。

“求求你，欧阳大夫！老天哪，这可怎么办！你们一定能做手术救回他，对不对！”林太太祈求着，就差跪下了。

“我来做手术，我觉得可以保留全身。”欧阳主任的远程会议系统中突然响起了一个男性的声音，声音稳重而带有磁性，和现场的一片慌乱差别巨大。说话的是来自新雅泰的戈多医生，他是国际医疗支持系统 4 位在线医生之一。戈多医生是心脏和大血管手术方面的专家，主刀经验十分丰富，而且几乎没有严重的失败案例。欧阳主任瞬间投去了感恩的目光，仿佛是抓住了一根救命稻草。“可是——”经过几轮理智的思考，他怎么也想象不到戈多医生怎么才能做到。

“我来试试，我知道有风险，但是我会尽力做好，我觉得成功率在八成以上。当然，你们要在手术过程中时刻待命，万一出现了意外，我们就马上进入方案 B，只保留头部。”戈多医生说着，然后简单地和大家同步了一下接下来的手术环节。得知有救，患者家属喜出望外，果断答应了。

3 个小时的手术，每一步都如履薄冰，中间出了各种各样的意外。好在经验丰富的戈多医生用自己稳重而娴熟的操作化险为夷——对突发情况的判断一针见血，操刀动作细腻稳健，对复杂并发症状的处理果断利落。所有在一旁协助的专家医生在戈多医生的安排下配合得有条不紊。即使这样，3 个小时不间断的手术过程也让所有人心弦紧绷，大汗淋漓。直到手术结束，大家的心才放了下来。

“戈多医生，你太厉害了！”其中一个和他打配合的大血管外科专家佩服地感叹道。

“多谢多谢，多亏你们的帮助。”戈多医生的语调还是那么温文尔雅、波澜不惊，仿佛他只是整台手术的观察者。

手术很成功，陈先生被从鬼门关带了回来。多亏了戈多医生，他甚至没有太大的身体创口，几乎每个环节都尽量采用了微创的方式。随后，陈先生从昏迷中苏醒了过来，不过麻药的力量还没有消退。林太太和两个儿子静静地守在病床边，林太太一直握着陈先生的手。

“太感谢戈多医生了，真的是太感谢！也太感谢欧阳主任您了，你们真是我们全家的救命恩人。”林太太得知整个手术由戈多医生操刀后感激不尽，若不是那人不在眼前，她恨不得上前跪拜作谢。

之后两天，经联合医疗评估系统的自动评估与专项尽职审核，所有参与此次手术的医生都被奖励了不少医学系统积分。戈多医生和几位与他密切打配合的医生——包括欧阳主任在内——被颁发了特别的电子荣誉勋章。

陈先生须在社区医院接受至少一个月的住院治疗。但他康复得很顺利，才过了一周就能在护士和家人的陪伴下下床走路，而且包括大脑在内的身体重要器官也没有明显的损伤。

“戈多医生是我的救命恩人，让我拥有了新生，真希望能够见他一面，我准备了一些小礼物，希望他能够接受我的报答。”陈先生说。

医生是不能随意接受病人礼物的，但陈先生一家人还是执意要见一见戈多医生本人。“我现在的身体一年内都不能坐快速火箭，但是我们家在新雅泰有熟人，我们祖上就是新雅泰人，拙荆可以专程过去道谢！”得知戈多医生住在新雅泰后，陈先生甚是喜悦。

戈多医生表示了谢意，也表示不必上门答谢，他想要将精力投入后续的工作中。他随后询问了陈先生的康复进展，并祝愿陈先生一家人在随后的日子里身体健康。

“这怎么行呢！他是我们的救命恩人，我们得找到他。”陈先生执意要寻找戈多医生，甚至他的两个儿子开始找各种媒体讲述这件事。他们大力赞扬戈多医生的高超医术，呼吁大家帮忙寻找这位深藏功与名的戈多医生。

其实，欧阳主任也很想见识一下这位戈多医生。那天的手术给他带来极大的震撼——戈多医生娴熟精确的手法、对意外情况的判断、另辟蹊径的处理方法，是他 20 年从医生涯中从未见过的。

大家纷纷踏上寻找这位低调的戈多医生之路。谁是戈多医生?

在开学季，生态小镇上的人们纷纷到社区大学报到。虽然社区大学只是一个公共的授课场所，人们实际上是在不同的院校进行线上沉浸式课堂教学的，多数大学生会选择直接在自己的住所上课。但在开学报到的这几天，不少人还是依照惯例，前往社区大学参加由社区教育署举办的开学典礼。

一个高高瘦瘦的男生正在“优秀学长学姐发言”环节中发表演说。他是顶尖的葛洪医学院的三年级学生，不少社区中的人都认识他，打小时候起，他就是各位父母口中那“别人家的孩子”。他也是葛洪医学院的明星学生，由他带领的医学科技竞赛团队曾在国际医学奥林匹克竞赛中，击败来自瑞士的 CetLan 团队——一支连续 8 年霸榜金牌的魔鬼队伍。

他从高中开始就参加这类竞赛的集训并表现出了极高的天分，同时也对解决各种棘手问题乐此不疲。他甚至逐渐沉迷在手术模拟器里，自己的兴趣也逐渐从医学转变到了这宛若游戏一般的奖惩机制上。

他暗中伪造了一个身份，从最初不断刷任务挑战游戏中的排行榜，到黑入系统把自己的身份变成正式医生，以此来赚取比做学生任务多得多的积分。到最后，他化身为一名黑客，写各种手术脚本，自动做手术、赚积分。他的脚本表现良好，但偶尔有几次操作失误，好在他亲自出马将其纠正。手术脚本也在这个过程不断学习，自我演进。

后来经历了好几次大型手术，这个伪装成主治医师的学生总是在开始亲手操刀，但很快便在途中找准时机交给脚本接管。经过一年半的时间，他居然发现脚本已经可以比任何人都能更好地进行每一场大型手术，甚至连他自己在脚本面前也相形见绌。

于是，他给脚本做了进一步的升级，为其加上了完整的行为能力。虽然它没有实体，但在虚拟仿真的数字医疗系统中，它已经很像是某个经验老到的主治医生了。于是他悄悄将它添加到了全国医疗仿真系统中。

世上最好的医生——戈多，诞生了。

泡泡铌带领着大家从一个很特别的视角，管中窥豹地看了看元宇宙中的医疗系统。随着虚实融合的深入发展，人们的衣食住行都发生了翻天覆地的变化。

在泡泡镥的时间线中，那时的人们已经想出了解决环境问题与城市化问题的新对策。“我跟随一个纪录片团队行动，完成了一部叫作《植物不存在》的作品。”

植物不存在

18

“那天我在山对面的池塘钓鱼，我很确信选了一个绿树成荫的地方，这里满是高大的红杉。我把鱼竿固定在一块石板上，然后起身去另一片小树林抓些蚯蚓。但是当我回来的时候，这里的树就好像蒸发了一样，全都消失了。我从来没有见过这样的景象，我惊呆了。”保罗带着摄制团队来到了他家附近的山坡，重新回忆当时的场景，“后来，我开始留意观察这些林区的不同树木，果然又发现了好几次这样的情况。有一种很强烈的直觉回荡在我的脑海里——这些树木都是假的！怪不得每年春天，我在这里都闻不到花香，即便山坡脚下总是长满了各种野花。”

“然后我开始了调查。果然，我在网上发现了许多和我有着相同感受的人。政府隐瞒了真相，让我们从城市中间撤出来，来到郊区的土地上。还有这些奇奇怪怪的元宇宙头显！它既然能在虚拟世界中模拟出如此真实的体验，在现实世界里又何尝不能？我们现在呼吸的氧气都是由精密化学工厂释放出来的，因为这个世界中真实的植物早就已经灭绝，这一切都是个幻象，是政府控制下的阴谋。我不认为他们有权利让人们一直生活在谎言之下。”保罗在全感镜头前对着摄制组的蒂娜说道。

“现在的生态小镇，某种意义上很好地给出了关于逆城市化的解法，”镜头转到茨威格大学的人地关系研究院，艾利克斯博士坐在办公桌前，全息影像显示着一个生态小镇的优化布局模型。

“我们过去一度以为，经过全面的城市化，人口会周期性地在中心城市和周围二、三级副中心城市中来回摆动，也就是城市化与逆城市化的‘钟摆效应’。这种逆城市化只是短暂的，并且只会辐射到周围的一小圈地区，即快速交通覆盖区。然而这样的‘钟摆效应’没有办法真正刨除城市化的陷阱。得益于虚拟现实等一系列技术的发展，越来越多的人能够在完全线上的元宇宙世界满足各种社交和娱乐的需要，因此我们可以把更多的空间腾挪出来，用于建设整套网格状的公共服务系统。人们重新回归自然，以特色小镇的方式形成一定程度的小规模聚居。他们将重新拥有广阔而优美的自然风光，同时享受着公共服务设施的便利。信息的沟通和大部分工作则可以在虚拟世界中完成，即使有少数的线下聚会，人们也可以乘坐在不同小镇节点间分布的快速火箭到达世界的另一侧。这是人地关系的重新平衡，也是人类追求幸福生活的有效探索。”艾利克斯博士操作着全息影像，向蒂娜展示着全国的三维地图，上面不同深浅的绿色代表不同地区的生态恢复程度，“生态小镇全面铺开之后，即使在没有大规模人为协助的情况下，大部分地区的生态都得到了改善。在全国范围进行的基础工业设施的重配置行动下，必要的工业生产被集约化管理，并通过基础设施大管网提供给每个生态小镇，小镇原有的大部分工业设施被移除，许多野生动植物再次出现在了人类家庭的周边。”艾利克斯博士语气温和，却隐隐透露着喜悦，仿佛没有直接回答蒂娜先前提出的有人质疑植物不存在的阴谋论说法。

“当我和我母亲讲出这个观点的时候，她一脸狐疑地看着我。瞧，她已经60岁了，她曾经接受了那些‘科学’的教育，对我居然会有这样的想法表示不可理解。但是，我的大儿子却一直支持我，他说他也遇到过好几次不同的情况，现在我们看到的植物，全是被模拟出来的。政府的尖端科技时刻控制着每个大脑的信息输入，只是为了让我们觉得我们生活在这个看似山清水秀实则不堪入目的肮脏荒原上。他们将我们发配边疆。”镜头再次切到了保罗这边，他正坐在自己的老式书桌前。

“我觉得，必须得有人行动起来，联合起来揭发整个阴谋，”保罗继续说道，“为了组织起这个联盟，也就是这个 Plantless DAO，我开始了辛苦的工作。我原来在一家高尔夫球场工作，但我后来辞掉了工作，全身心投入这件伟大的事业。我发起了一个社区，然后做直播、做推理，坚持每天晚上在全景网络和社区和每个成员围炉夜话。Plantless DAO 很快壮大起来，我真为有这么多支持我的人感到高兴。”

画面再次切换，一个年纪稍长的女士正带着蒂娜一行人走在一间废弃的钢材加工厂里，破损的平台上还留着之前遗落下来的锈迹斑斑的钢管，但无处不在的绿意已经全然包裹了这座先前的工厂。“你看这里，这里，还有那里，瞧见了吧？”这位叫美霖的女士在退休前曾在这座钢材加工厂做会计，不过退休10多年后她依然和家人住在离工厂旧址不远的生态小镇上。“才10年时间，植物不应该长这么快！真的，我保证，如果是真正的香樟，现在最多也只有碗口不到那么粗！”美霖扶着一棵依着厂房墙壁生长的健壮的香樟比画着，“但这些大家都不说，我也不知道为什么大家不敢说。我觉得很奇怪，直到我遇到了保罗，他很勇敢。”

美霖是 Plantless DAO 的早期成员，在组织的壮大过程中出了不少力气。

“有一次，我们的直播被一些不知道哪里冒出来的人无端谩骂，他们说我们胡扯八道，说我们愚昧不化，他们在互动空间大喊大叫，就差对我们拳打脚踢了。他们吓跑了所有的观众，我们只得草草收场。这样的事情我们遇到了不少，但大家很团结。这里给了我一种家一样的感觉。”

“我们在不同的地方，用着各种方式宣传我们的组织——无论是线上社区还是线下的小镇。我们印制了文化衫、棒球帽……而在线上的活动中，我们则赠送了一个虚拟的地球模型NFT，是一个没有植物的、光秃秃的、真实的地球。”保罗坐在小镇的快速巴士上，对身旁的蒂娜说道。快速巴士的曲面玻璃外，天空下着蒙蒙细雨，雾气模糊了远处的层峦叠嶂，隐约透露着初秋的金黄。

“生态环境的恢复速度比我们预料的更快。这对生态小镇建设来讲是个好兆头。可能和地质活动有关系吧！这几年的平均气温比之前略微低了一些，但晴朗的时候却更多了，这给植物的生长提供了充足的光照。同时，更为凉爽的气温有利于有机物的储备和积累。整体上看，这几年的气候在全境范围内都在向好发展。比起大型乔木，苔藓、地衣这类小型植物反而更能反映整个地区的宜居度。”国家科学院藻类研究课题中心的齐安博士带着摄制组来到了户外的一片试验田，上面错落有致地生长着各种不同类型的植物。齐安博士从一颗乔木的根部取下了一小片苔藓，将它放到便携的扫描透镜下，然后小心翼翼地将其分成三份，对每一份都做了无菌处理。之后，他将这三份样本放进三个环境模拟箱，并在上面设置了不同的参数。

“我们让这些苔藓在这些地方待一个礼拜。”齐安博士说道。

“后来我想到，或许最好的传播方式，就是主动证明我们是正确的。而Plantless DAO中的戴森向我提供了帮助。”画面来到了戴森家中，保罗、蒂娜和戴森围坐在客厅的桌子旁。

“你们好！很高兴你们今天能过来！”戴森的妻子端着一个大果盘走出来，上面有去皮的芒果，还有一个个剥好的红彤彤的迷你火龙果。“这是仙人果，院子后面的荒地上长的，口感非常棒，你们会喜欢的。不过小心，最里边儿有籽，非常硬，可以从旁边开始吃。”戴森指着果盘解释道。戴森在一家化学仪器厂做办公室经理，白天需要上班，不过他的大部分工作都可以在线上完成。

“说回我们的实验，其实逻辑很简单。自然的植物会进行光合作用，吸收二氧化碳，释放氧气，我们找了这附近的一些野蔷薇扦插栽种在花盆里，然后将它们分组，装进不同的气密袋中。我们事先测定了每个气密袋里的氧气含量，然后将这些气密袋里的蔷薇放在户外 3 天，再重新检测氧气含量。你猜怎么着？几乎没有任何变化！”戴森说这话时摊了摊手，仿佛在扮演一个输了猜拳游戏的小男孩。这件事情被不少的主播注意到了，他们中的不少人甚至乘着快速火箭赶到这里，见证了揭晓结果的时刻。“结果显而易见，只要你在家做个实验，你就会发现这场惊天阴谋。”戴森幽默而戏谑地说道。

“打开的时候小心一些，很多苔藓可能已经占据了盖子间的缝隙。”齐安博士正对着另一个实验员说道。一个礼拜过去了，蒂娜他们再次来到齐安博士的实验室。“这里的 3 个环境模拟箱，给它们设置的温度、湿度、矿化度等非常接近，但是有着微小的差异。通过特别的对照方式，我们能够同时监测不同变量带来的影响。其中，B 号装置最接近这几年西部沿海地区的气候条件，A、C 则更像过去某个历史阶段的气候。虽然环境条件相差甚微，但是结果的差别却很明显——B 号模拟箱的苔藓数量几乎是 A、C 号模拟箱的好几倍。这说明，有时候生物是整个自然环境动向的放大器，而整个自然环境又是如此的牵一发而动全身。”

“我们其实都挺喜欢保罗的，他善良、乐于助人，邻里也很喜欢他。虽然我们不参与他的这些活动，但从某种意义上来讲，他发起的这个组织让这么多来自五湖四海的人联系起来，大家互相帮助，给自己找到一个可以表达观点、产生共鸣的空间。”另一个画面中，蒂娜和一行人刚离开保罗的住处，遇到了正在外面散步的街坊邻居，其中有人如此评价保罗。

“那你自己相信保罗他们所说的吗？”蒂娜打趣儿道。“我吗？哈哈，不见得吧！不过我们都很喜欢他。”

Plantless DAO 的实验在网上引起不少人的关注，互动区则更是炸开了锅一样，多数人都留下了负面的评论。也有一些人对造成这一实验偏差的原因做出分析，并尝试着自己重新制作一个真正有“实验价值”的装置。Plantless DAO 涌入了一大波鲜活力量，他们称保罗为“勇士”“正义的捍卫者”“弥天阴谋的破局者”。甚至，他们还自发组织起更大规模的实验：他们要通过光谱分析仪来实时监测不同地点的 5 片林区的氧气含量情况。

他们邀请了各路媒体和主播，举办了一个庆祝实验开始的剪彩仪式，蒂娜被邀请和另一个 Plantless DAO 的成员在台上拉开彩条，保罗则拿着大剪刀从舞台中央一跃而上。然后，监测活动开始了，整个森林的全息影像和相关数据都要经过 Plantless DAO 技术团队的建模，在全真网络中直播。据说实验将持续 3 天，在这个过程中，“植物是不是真的存在”的答案会大白于人间。

到此，整个纪录片落下帷幕。

“这初看像是个元宇宙版本的喜剧，但本质上来说，却是个正剧。”镥如实评价自己一直跟随着的纪录片团队，“在看似越来越先进的生活方式下，真相越来越不属于那些勇士们。而我们是这样的大浪潮融合发展很久之后的集大成的产物。其实，我们现在管中窥豹一般地观察工作，何尝不是正做着保罗那样的事情？”镥感叹道。

其他泡泡们在这点上各抒己见，议论纷纷。“融合共生，生物界早已有之。

无论先进还是落后，无论尚学还是反智，真相越来越隐退幕后，留下舞台上那个徒有其表的信仰的化身。从另一个角度来看，宠物也是这么一种共生关系，或者说是生物的互补与驯化过程，这种驯化过程，实际上是相互的，”泡泡硼说道，“我给大家分享一个温馨的宠物狗的故事吧。”

19

我会来接你的

重生

“队列已完成，让您久等了。”

Liam 出现在问诊室的座位上，坐在对面的医生将一份文件交给了他。

“我们分析了这一次 Doodle 的脑电图，很不幸，恶化并没有停止。感谢你这么短时间内就凑够了费用。如果可以的话，请尽快赶来医院，我们可以随时开始手术。”

“我明白了，谢谢你。我现在动身，大概 4 个小时到。Doodle 的事情，拜托了。”

“这是我们该做的，扫描重构手术已经开始准备，相关信息将实时同步在你的账号上。16 点见！”

193

我会来接你的

医生平静地说完了诊疗结果，但Liam的表情没有什么变化，他站起身来，慢慢地变透明，消失了。

预约了最快的飞行汽车，Liam带着Doodle提前到达了Yoma医院——这个他见过多次，但从未来过的地方。医生做好了准备工作，接到Doodle后，便进入了手术室。

一个护士从医疗部的大门出来，走到Liam身边，说道：“脑部神经的重构需要10个小时，您的所有文件和信息已经处理完毕。您现在可以前往休息区等待，或者去其他地方也可以。在手术完成的前一个小时，我们会通知您。”

“不必了，我就在这里等。”Liam盯着天花板，没有做任何动作。

13年前，Liam拥有了一只宠物狗，给它取名叫Doodle。成长、求学、工作、独立，Liam生命中的重要阶段，Doodle一直存在。

两年前，Doodle的行为变得异常，原本活蹦乱跳的它开始喜欢趴在地上一动不动，也不再对Liam的话语做出任何反应。经检查发现，Doodle患上了认知功能障碍（CCD，Canine cognitive dysfunction）。这是一个与衰老如影随形的疾病，没有根治方案。但幸运的是，人类找到了另一条路径：通过扫描神经系统和生理结构，在元宇宙中重建虚拟形象。当时，这项技术只能用在动物身上。

CCD患者每天的大脑状况都在恶化。Doodle只有两个选择：第一种是保存大脑，等到技术能够完全重构，甚至可以还原受损脑区后，再进行手术；第二种是直接手术，缺点是如果受损脑区重构失败，就只能启用预设系统，而通常被预期神经替换的虚拟宠物在行为上都会有很大的变化。当然，第二种方案的费用会低一些。

Liam在一个医疗组织做普通员工，生活得不错，但是无论哪种方案对他来说都是天价。摆在 Liam 面前的只有一条路，保持对 Doodle 的健康检查，尽快筹够钱给 Doodle 做扫描手术。

这不只是 Liam 一个人的竞赛，而是疾病与科技的竞争。

元宇宙已经成为人们必不可少的生活空间，脑机技术的进步也在一步一步地扩展“人的边界”。

认知功能障碍会蚕食 Doodle 的大脑，技术的步伐是否能追上疾病的镰刀，没有人知道。

Liam 的账户是否能搭上手术的列车，不得而知，但他始终坚定不移。

“叮，请确认新应用连接需求。——爪爪联萌。”

“叮，收到一份物品交易合约（1）。”

2039.01.17

我是个自由职业者，为几家不同的医药公司解决市场和营销的问题。我每天的生活就是在会议室之间传送，和无数人讨论，采访，写方案。虽然职业名称里有“自由”一词，但实际的工作时间要比固定职业者多得多。这样的工作基本上是信息化的，所以我基本在以太空间中工作，很少出门。

时间过得真快，自 Doodle 搬到以太空间里，已经过去一个月了。扫描手术成功之后，我没有立刻启用 Doodle 的虚拟化身。那时，Doodle 的碳基寿命已经不多了，我想陪它走完最后一段时光。我知道这听起来有点矫情，但只有这样，我才能让自己相信，这个永生小家伙，就是 Doodle。

现在，“重生”成功的 Doodle 可以自由地奔跑，玩耍，时刻陪伴着我。

在这个绚丽的自由城中，我第一次拥有了归属感。也许，这就是以前的人管这里叫元宇宙的原因吧。

2039.03.03

距离以太空间上次的底层升级已经过去了 9 年，再过几个月，就是 4.0 的大版本更新了。

所有人都沉浸在对美好未来的狂欢中，媒体预测乱飞，金融市场估值高涨，只要能靠得上 4.0 概念的东西，都被人疯狂地追捧、喊单。

这场景如此相似，让我想到了十几年前上高中的时候发生的事情。也许人类永远不会改变吧。

比起那些，我更关心今天在更新说明里看到的一条内容："更新实施前，主网会暂时断开与外部应用的连接。个人钱包及数据库不会被影响，但是请备份好与虚拟化身相关的数据。其中，虚拟宠物会在更新时冻结，以最大程度地更新生理机能，同时保留记忆数据。注意，由于本次更新对于区块结构进行了重新定义，记忆数据有可能出现重置。详细说明请查阅技术文档。"

做"重生"扫描的时候，Doodle 的大脑情况就已经很差了。当时，正常的脑区重构了标准数据，损伤的脑区则只做了原始扫描。Doodle 能被还原 70% 的认知，纯粹是因为运气好。

我担心……

2039.05.31

几天前，以太 4.0 更新了，Doodle 出了问题。

它获得了一个新的躯体，以及……一个新的脑子。它像一只健康的狗，与宠物市场笼子里的那些狗没有区别。

它的形象还在，甚至运动起来更真实了。但它不是 Doodle，只是一个拥有类似躯体的新生儿。

我查了一下原因，大概是因为协议不兼容，大量原始记忆数据无法迁移。

这次的更新是硬分叉，3.0 链还在运行，Doodle 也留在了那里，趴在家里的地毯上。

也许是为了缓解心里的愧疚，我在旧的家里安装了一个按钮，只要 Doodle 按一下，就会向我发起视频通话。

刚开始的时候，Doodle 还不知道怎么用，也许它还在奇怪我为什么会出现在屏幕里。经过几次误按，Doodle 就知道怎么用按钮了，还会向我炫耀它找到的小玩具和刚刚吃的午餐。但后来，Doodle 只是按一下按钮，然后落寞地趴在沙发旁边看着我。

硬分叉是非强制性的，新的世界会继续向前，旧的世界也会持续运行。而且，开发组还会提供一年的官方支持，在这一年里，3.0 的世界不会出现漏洞。通常来说，一年后，因为怀旧，因为既得利益，肯定还会有人留在这里。

整个世界都在远去。我可以经常回来看你，就像你还在现实中时那样。可是，我已经离不开你陪我在元宇宙中穿梭的样子了。我又能怎么办呢？

2039.08.27

真正让人感到悲痛的不是失去至亲的瞬间，而是回家时摆放整齐的家具，放在桌子上的半杯凉水，出门在外无聊的消息通知，安静于床铺上的褶皱，午后洒在地板上的空荡阳光，深夜里的风摩擦窗帘发出的阵阵婆娑……记忆是穿透时间的链接，也是浓缩在时空里的刀刃。

几周前，我决定把 Doodle 接过来。为了不产生新的杂乱数据，我只能先把旧世界的 Doodle 冻结。而下一步，就是要打通新旧宇宙的数据传输协议。

写给数字死亡的受害者

你好！

我是 Liam，和你一样，在一年前 4 代分叉之后，我失去了自己的宠物。当然，是在虚拟空间的。从那时起，我自学了 Dapp 开发及脑机接口技术。开启了对宠物的拯救计划，取得了阶段性的成果。

我的狗叫 Doodle，这个名字是从糖果中来的，一款我最喜欢的糖果。

你也许知道，虚拟宠物记忆重置的原因是：正常脑区被扫描为规范数据，不正常脑区则被保存为原始数据。4.0 版本更新了区块中的数据规范，直接遗弃了无法转化的非规范数据，导致关键记忆节点的断连。

我第一阶段的工作，就是将 Doodle 脑中那些受损的数据重建成标准的规范数据。如果你们还保存着宠物的 ECG（心电图）的话，这一点就很容易做到。我已经开源了工具，你可以直接使用。

这个技术来源于一些非常规手段——还未成熟的虚拟化身。

其实，有了标准数据，要到新链上重建宠物是很容易的。甚至可以越过跨链桥，直接用链下方式传输过去，然后映射到新的宠物模板里。

真正的难点是取得社会伦理的支持。由于众所周知的理由，社会不允许私人建立虚拟化身，比如可能导致对宠物的杀害，模糊死亡的边界，等等。这意味着即使我们绕过共识限制，在新世界建立起完整的宠物化身，这个宠物也不能触碰任何 Dapp 接口，否则就会被封禁。

接下来的工作很难，我需要你们的帮助，想要找回过去记忆的人们。

以下是我的计划。

第一，建立跨链共识。虚拟化身是底层去中心存储、状态层公链，以及上层 Dapp 共同实现的功能。我们必须走最困难的道路：让新旧两条公链同时承认记忆迁移失败的虚拟化身是两个不一样的宠物；让重建所需的数据获得链上合法的 NFT 签名，然后保持存储层不冲突，这样才能发起创建新的宠物化身。

第二，争取社会支持。改变是一个缓慢的过程，我们需要不断地发声。社会的恐惧源于数字生命的存在，这会威胁现实世界中生命的意义。而我们，这些经历过宠物数字死亡的主人们，为找回宠物而团结起来的人们，正是这一论断的最好反驳。

第三，推动虚拟宠物的独立化。虽然这听起来有点远，但在解决完自己的问题后，我们不应该停下来。为了不让数字死亡再次发生，我们需要推动链上数据的类型独立。在公链的状态层之下，建立专门储存神经数据的标准。也许未来，人类也可以在元宇宙中重生呢？

迎接，坚守与重生。Doodle 欢快地扑向 Liam，仿佛它从来没有离去过，它不知道的是，Liam 的世界已经过去 5 年。

"'嘿，我说过的，我会来接你的。'他抱住它转了一圈又一圈，哭着，笑着，仿佛回到了童年，那个他们曾一起度过的夏夜。"泡泡硼讲述着这个有着童话一般结局的故事。

"这个故事讲完了，Liam 发起的组织最终推动了通用数据规范的形成，也是区块链网络诞生以来最大的结构改变，为脑机接口与区块链网络之间建立了基础桥梁。"硼补充道。

199

我会来接你的

“大家都分享了自己的故事，最后就剩下我了，”泡泡砹环顾四周，确认了这个事实，“我的见闻和各位略有区别，因为我也成了故事中的一分子。”其他泡泡们疑惑而好奇，期待着砹继续讲。

“接下来，我来给大家讲一讲罗黑的故事。”

罗黑的故事

我第一次见到罗黑是在2026年的黄海湾，我们是经由他的朋友晨旭介绍认识的。正好晨旭的音乐工作室要参加黄海湾文化交流活动，于是他决定顺便去拜访一下罗黑。

粉红色时期

黄海湾活动结束后，得知晨旭要去白沙滩见朋友，工作人员用专车将他送去。白沙滩沿着海岸线，它背向黄海湾开发区港口另一侧的一座小型人工海岛，岛上只有一座住宅。这座住宅由几个大圆柱组成，人们习惯把它叫作“大油桶”。

“大油桶”是罗黑为富豪万山设计的建筑作品，是由一座监狱改造的私人住宅，晨旭没想到罗黑居然长期居住在这里。

我跟随晨旭到了罗黑家门口，他让我们等了好一会儿才姗姗走来。罗黑邀请晨旭一起进去吃饭，我也趁机溜进了这座出自他手、颇具神秘感的“大油桶”。

不过当我开始查看罗黑的资料时，瞬间来了兴趣。

罗黑最早出名于一次艺术品拍卖会，他创作了一幅著名的现代拼贴画。在一张渐变的蓝色画幅中有一个会闪烁的水龙头，这个水龙头可以从画板中旋转出来，变成一个真正会出水的水龙头。整个画板背后巧妙地藏着水龙头的水箱。据说，水箱是一次性的，因为无法在不破坏整个作品的前提下向水箱里添水。

这幅作品流经许多人之手，而且储水量越少，作品越是疯狂升值。经过炒作，上百罐被说成是从作品的水龙头下接来的水，出现在了各种拍卖会和私人收藏馆里。

可以说，这是罗黑早年的真实写照。年轻时的他总是到处闲逛，做过音乐（他正是这般和晨旭相识的），画过画，玩过破铜烂铁一般的装置艺术，搞过NFT，自己写代码做过独立游戏，成立过一家小小的公司……不过他一直没有想明白自己究竟要干啥。当然，他的闲逛绝不是无所事事。他一直在探索，从未停歇地用他那天马行空的想象力驰骋着，一直在有力地行动。只是他的确不清楚自己为何一定要这么做，也不明白到底要干啥。

他只是在随机游走，到处乱撞，做了一堆或成或败的事情。不过其中的一些事情，比如这个水龙头，让他在艺术圈小小出名了一把。当然，仅限于这个很小很小的圈子。

那时的他天真地以为是艺术女神选择了他。

不过罗黑并没有因此变得富有。富人们似乎都很想与他保持关系，但他们没有直接给他大笔可挥霍的金钱。也因此，他觉得自己的创意并没有被剥夺，无限的想法在他的脑海中展开了一幅幅美妙的画卷。

后来，他受到万山的邀请，设计并改造了白沙滩监狱。监狱原本要在世纪之初被拆毁，但拆除计划因某种原因被搁置了。2023 年，万山买下了监狱，并公开邀请罗黑为整个改造计划主刀。3 个“大油桶”建筑内共有 21 间牢房，每个牢房都有粗厚的水泥墙和一应俱全的设施，从多功能卫生间、储藏室、集成健身设备到带有监控的信息工作台……曾经的白沙滩监狱可以说是人道主义监狱的典范。

罗黑把每个房间都保留了下来，仅将某些房间朝外的水泥墙换成了曲面玻璃，对监狱内的设施重新做了一遍维护。原来作为行政区的长条办公室打通成了会客厅，栽满了热带植物。万山经常自豪地带着朋友来到这里举办各式各样的活动，他却很少睡在这里。

这个项目显然给罗黑带来了一笔不菲的经费。可他还是接受了万山的邀请，住进了这间改造后的私人住宅，早晨沿着沙滩踩着海水晨跑，晚上睡在原来的 11 号牢房里。

和罗黑一同居住的还有万山的私人厨师，不过他现在大概变成了罗黑的厨师。实际上，厨师曾在空间站的和平部队服役，因此他也成了罗黑的教练，以及知无不言的密友。

厨师带了几片生肉，一个自动烤架和一瓶混合椰子油。罗黑和晨旭则背着几把折叠椅，穿过会客厅，径直坐在正在退潮的、细腻的白沙滩上。

“黄海湾的计划怎样？”罗黑问晨旭。

“进展得还不错。”晨旭说。他受国家太空署邀请，为浩瀚的太空征程注入了音乐的灵动。大家觉得黑暗的深空有些令人沉闷，于是太空署发起一个专项项目，希望能够将地球的天空、大地和山川河流，作为整个虚拟全感体验的默认主题，带到每一艘信使舰上。这样人们感受的太空，就不再只是一片沉默的黑暗。而其中所有和音乐、声音相关的部分，都会由晨旭来牵头。

他们 3 人听着退潮的旋律，嗅着带有烤肉味的空气，享受着走向富裕的生活。

那年的罗黑 29 岁。

蓝色时期

我顺着罗黑的过去一路探寻。

这是他的幼年。这段过去在他记忆深处埋藏，像是他自己的断代史。

他出生在一个中产家庭，从小接受了一套 STEAM 式的教育——他对一切有趣、好玩、新奇的东西感兴趣，琴棋书画样样都学，甚至因为天赋还不错，在不少方面小有成就。他上过电视直播，做过主持，周游过不同的国家；在乡间田塍奔跑，烧野饭，抓青蛙，仔细观察每一种农作物：小麦和大麦麦穗的区别，蚕豆和豌豆花序的不同，茱萸和夜来香捣碎之后是绝佳的染料，桑葚的汁水留在衣服上会洗不掉……实际上，他比绝大多数土生土长的农村孩子懂得更多有关这些农作物乃至动植物的知识。他出生在地板上，双脚不沾泥土，但泥土于他却是绝妙的玩具。

他出生的时候，家里就有装着 Windows 95 的兼容机，并很快升级到了 Windows 98 和 Windows 2000。他爸爸会给他讲解这个奇妙的浩瀚太空，从卫星到行星到恒星到超新星到黑洞再到整个银河系。这一切有序而无序，他很早便领略了这种奇妙的美感——这种美感和他在用吉他弹奏自己撰写的旋律时，在他用水粉颜料在画布上胡乱涂抹时，在他用手柄和爸爸对战“杀敌一千、自损八百”时都会涌现——这是一种源自更底层的美感。这种美感是冲突与消解的媾和，是有序与无序的博弈，是意义与虚无的统一，是一丝不苟与插科打诨的糅合。

这种美感的基因，被埋在了罗黑精神深处的土壤中。

大部分时候，他品学兼优。虽然偶尔做一些无伤大雅的捣蛋和“反抗”行动，但总体来说，他不仅人缘不错，也颇受老师们的待见。他没有很明显的叛逆期，相反他的叛逆期是温和的，从初中开始，向后包裹了他的余生。这也是他所独有的、温和且叛逆的力量。

这种温和与叛逆，可能是因为他身体的绝大部分已经落在了既得利益者的圈子里，也很有可能是他不够勇敢。在更小的时候，他曾孩子王一般地站在风口浪尖，但他越成熟越觉得这种明面上的行动缺少真正的智慧。他越来越多地策划起各种不动声色的、看似温和的，却能四两拨千斤的行动。

罗黑也不清楚自己是如何一点点长大的，小时候的自己一直是这么的阳光开朗、饱受关爱、足智多谋，也同样的内心迷惘、浑浑噩噩、虚无缥缈。长大后的罗黑做的很多事情，都源自他儿时的想法，比如那个镶嵌在画幅里，可以旋转出来的水龙头。

高中后半段时间，罗黑突然怀疑起自己存在的意义。这的确是那个年龄不少爱胡思乱想的孩子的通病。那种“天生我材必有用”的坚定想法消散了，他曾经很钦佩乔布斯这样的“美式英雄”。可是现在看来，他已不再发自内心地认同他们。罗黑开始相信，他会走一套属于他自己的道路，虽然他不知道这会是什么，或者为什么。一度，杜尚、维特根斯坦、海明威三个人的合体，成为他精神上的导师。

想象力和创造力在他头脑中恣意驰骋，推动着他匆匆向前，但他知道这本质上和深陷泥淖没有什么区别。然而有个东西，罗黑一直将其视为想象力和创造力的源泉，或者至少是一种证明，那便是他的梦境。

我也是后来才发现了他的梦境——一个磅礴的世界。

他高考考完的那一夜，我注意到了他的一个梦境——

梦中，罗黑刚刚醒来，全身快虚脱了。他身处高中寝室，他的室友见他醒了，告诉他一定得锁好门，因为有些人变异了。说着，一个巨大的肉球从玻璃门外飞过，一口咬掉了走廊上某个人的手。罗黑被吓得一阵哆嗦，没有顾上室友的警告，撒腿溜出了寝室，顺着楼梯从三楼飞奔到楼底。到了楼底他才发现大门堵死了，所有的窗户都被装上了密密麻麻的铁条。

这仿佛是一场阴谋。罗黑赶紧逃回寝室。周围一片号叫，他和室友 3 人面面相觑。不久，突然整栋楼都安静了下来，时间似乎凝滞了。

“大家注意，你们周围的每个人都有可能变异！”不知哪个寝室的人朝着窗外大喊，打破了这阵寂静。这时候，罗黑似乎注意到他的室友们正虎视眈眈地看着他，走廊上的厮杀与叫喊声再次响起。

大事不妙，他想着。趁着一个空当，罗黑赶紧溜出去，既然往下不行，就干脆一直往顶楼跑。他的声音惊动了不少变异的怪物，他们一路尾随而来，直到罗黑在四楼被一帮人抓了个正着。他们是一大团伙，除了脑袋上套着的黑色头套，看不出任何其他的特征。团伙 6 个人把罗黑四肢架住，对面走来一个人，用一只手枪指着他。从他们口中，罗黑仿佛明白了这是个末日教会，他只要献出生命，这一切就会结束，大家就会得到救赎。

越来越多戴着黑色头罩的人聚集到走廊，口中念念有词，就连追来的怪物都低下了头。

枪响之前，罗黑一个鲤鱼打挺，掀翻了左侧的一个帮凶，子弹击中一个人的后背，他一声惨叫。罗黑一挣脱，如丢了命一般往天台逃跑。他爬上挤满灰尘的楼梯，顶开头上的防水盖板，踉跄地爬到楼顶。

他的肺干燥得直冒火，仿佛随时可能炸裂。

他从来没有在楼顶鸟瞰过整个宿舍楼。宿舍楼已经被树林团团包围，树林外则是一圈沙滩，整栋楼被困在一个海岛上。

他看天台另一侧有一个人影，是个黝黑佝偻的大爷，像是曾经的挑水工。

“有水吗？”罗黑本能地问。

老大爷一言未发，迈着懒散又蹒跚的步子，走到了房檐边一个自来水管旁，拧开旋钮，用一个老旧的玻璃罐子给罗黑接了一杯水。

罗黑虚弱地接过杯子，一饮而尽。

这时，罗黑看到老大爷身后缓缓长出了宽大的黑色翅膀，正如他想象中的天使翅膀那样，只不过是全黑的。老大爷嘟哝了些什么，这是一种罗黑从没听过的语言，但他竟然理解了其中的意思。

一股暖意涌过罗黑的身体。不知不觉，他发现自己也有一双小小的白色翅膀。罗黑从梦中惊醒。

“其实根本不存在那个老大爷，老大爷是我变成的。”泡泡砹说着。

“你居然能够和罗黑直接接触？可我们不是观察者吗？我们没有任何办法和过去的世界产生实质上的交集啊！”氘一脸狐疑地发问。

“的确，我那时候也非常惊讶，我不知道我是如何在梦境中直接与罗黑互动的。我那时只是想帮助一下梦中这个落魄的罗黑，或者更直接地讲——调侃一下他。”砹说道，“当我发现我能够这么做的时候，我专门看了他各种各样的梦境，从小到大的，这些梦境无不场景恢宏、光怪陆离，而且梦中的罗黑从来不知道他在做梦。对罗黑而言，他几乎每天都做梦，这些是他过的另外一个人生。几天之后，我进入了他的另一个梦境，那是他的火星探亲之旅。”

梦中，罗黑花光了所有积蓄，买到了一张通往火星的船票。

客运航天飞船垂直发射，穿过一个个乐高方块构成的建筑群，顶破大气层外的一层航天垃圾，然后历经长途跋涉来到火星这个红色星球。降落之后，他乘坐着公共交通，从快速火星列车再到客运巴士，从大路到小路，直到他穿起便携式宇航服，徒步从羊肠小道穿过一个个火星山丘，在一个山洞前停了下来。

山洞里有个奇特的计算机正在运行，指示灯有节律地闪烁着；山洞前有个石板，罗黑盘腿打坐，并做出一个手势。两三秒之后，他的意识被传送进入了那台主机——那是他幼年的时光，地球上的老家。那时候的父母都还年轻，他们在这个永恒的时空中过着他们想要的生活。

罗黑和父母寒暄着，他们是他小时候的英雄——父亲会唱歌，还熟稔天文地理；母亲会画画，还通晓古往今来。然而，现在的他已经远远地超过了他们，把他们淹没在了向前狂奔的浪潮尾流之中。更重要的是，他担心没有父母会觉得孤单，所以他也不敢多问，直到他发现一个幼年的罗黑在那里，正拿着手柄在旧电脑上和父亲对战，母亲则刚刚回来，给他买来了素描所需的铅笔、一桶卷好的素描纸，还有几块进口的可塑橡皮。

“哇，大罗黑回来啦！”母亲先发现了到这里探亲的罗黑，沉迷于游戏的父亲和小罗黑也应声而出。

醒来之后的罗黑心里怀着说不出的感恩，那是对他父母的，也是对那个小罗黑的——虽然他不知道小罗黑为什么会存在。

“罗黑当然不会知道我的存在，他只觉得这是他的艺术女神或是他的缪斯——来自未来的信使。”砹说道，“此外，令我自己也颇为迷惑的是，我不知道我为何在那一刻下定决心变成幼年时期的罗黑，我感觉这一切像是不由自主的。”

后来，我前前后后看了罗黑的各种梦境，有紧张刺激的逃生，有正义凛然的反抗，有翻云覆雨的情色，有毛骨悚然的恐惧。我总是情不自禁地陷入其中，或有形或无形，成了故事中的一员。后来，梦中的罗黑仿佛渐渐意识到了什么，总是主动找到我，即使我每次都有着全然不同的身份和面目。我们时而成为战友，时而成为冤家，时而成为情人，时而成为发小。

我总觉得，我在慢慢成为罗黑，成为另一个他。

黑色幽默

再往后看，继白沙滩的“大油桶”项目之后，真正让罗黑名利双收的是他和朋友大川合作搞了一个元宇宙全链上仿真模拟的项目，称之为“黑色幽默”。此外，他们还开发了第一个系列游戏——《模拟火星》。罗黑以合伙人的身份负责了整个创意设计。这款游戏是一个运行在区块链上分布式计算的仿真模拟系统，火星被以原子级的方式模拟，而链上的边缘计算为整个系统提供了真实性验证以及支撑持续演算的算力支持。其最大限度地还原了现实宇宙中的火星状态，并向玩家开放了入口，也就是那个世界里的虚拟宇航员们可以进入其中探险。如今，在这个模拟火星上，已经遍布了各种探索区和殖民区，虽然罗黑非常反对使用“殖民”这一词语。

其实，上文中《火星箭镞》这一故事中的火星洋 DAO 所用的全感仿真系统，正是在《模拟火星》的基础上二次开发而来的，而黑色幽默则是火星洋 DAO 的资方之一。

虽然黑色幽默和《模拟火星》在商业上的巨大成功让罗黑的名字被世人所铭记，但这一切依旧没有给罗黑带来快乐。他的兴趣和感受力依然敏锐，但创造力在泥淖中盲目地驰骋。他不知道自己要做什么，要追求什么，也不知道要实现什么目标。他觉得他的意义的消弭仿佛让他的灵感成为一座空心之城。他找过心理医生，也和不少同行的或者不同行的各种形形色色的人讨论过，但是没有人能够解答他的问题。他仿佛重新回到了那个刚上大学的自己。他曾经戏谑地思考过自杀这件事情，但自杀需要毅然决然的勇气，这是绝对不会发生在他身上的。他甚至厌恶自己这么思考的时候，浑身散发的酸溜溜的文青气。有个词语叫作“拜伦式的不幸”，他曾仔细地思考这是不是就是在描述他自己，后来他得出结论：不是。他依然还是那个幼年时的自己的延伸，他只是沉浸在各种矛盾暗流涌动的张弛有度的美感中——他的创造力的源泉。

他自年幼时便埋在内心深处的关于美感的种子，经过悄无声息的成长，成为参天大树，大树深深向下扎根，直达那个意义与虚无交接的边境。有人将这个地带称为 Limbo，但对罗黑来说，这便是真相，是唯一坚实的东西。

我相信他。

我不知道为什么，我被罗黑深深吸引了，我觉得自己在逐渐成为罗黑，另一个罗黑。罗黑知道的真相，或许正是“一”所正在追寻的，真正的，更大意义的融合——元。

天地玄黄，宇宙洪荒。这是《千字文》首句，是为元。

元。

不过，罗黑终于迎来一段安宁的时光。他出了车祸——自动驾驶的四轴飞行汽车不知为何竟撞上了海岸的风电机组。

他被绑上担架，躺在救护车上。他对音乐有着高度的直觉，救护车在盘虬卧龙的快速路上飞驰，途经建筑、路灯、指示牌……产生了一种让他熟悉的旋律，就是这种节律感欺骗了人脑。一开始人的节律感是为了各种器官有节奏地工作，而这一漏洞被用来创造艺术，被用来欺骗和娱乐自己的躯体和意识。

但这时候他不应该听到音乐。他没有戴着常用的隐形耳机，他不知道音乐源自何处，或许是沿路的路灯和高高矮矮的树木为他吟唱的赞歌。

这其实是我给罗黑创作的音乐，真正的署名应该是砇。

Trance 风格[1]的迷幻电子乐一直萦绕在他耳畔，他想起了半年前在海滩派对上与好友们的聚餐，自己充当了驻唱 DJ 给大家播放自己在闲暇时所创作的音乐。就是这种感觉，但是旋律不一样，这更像是另外一个自己为这个自己献上的作品。

他后来被推进了手术室。“钢筋刺穿了他的双腿，好在骨头和膝盖没有受到致命的创伤。”他在意识模糊中，听到医生这么说道。手术过后，麻药还没有消退，痛感还没有来得及席卷全身，但他的意识已经足够清醒了。

罗黑甚至对这一次车祸充满感激。他终于可以把自己从这种充满创造力的无所事事的状态中抽离出来。

他下定决心，要脱身于自己在现实生活中的身份。毕竟他要在病床上躺 3 个月之久。

身在此山中

他请人将“大油桶”的 9 号牢房，布置成自己的病房，以疗养生息。他的亲朋好友们都来看望他，但他只是简单地和大家寒暄了几句后，就把他们送走了。

1　Trance 是一种电子音乐的风格，其早期是科技舞曲 (Techno)、浩室舞曲 (House) 的一种更加旋律化的分支，但在发展的过程中吸收了流行音乐、驰放音乐、古典音乐、科技浩室、氛围音乐以及电影配乐等多种音乐形式的元素，使得在早期基础之上变得更加多元化，在 1990 年代之后成为独立且特点显著的电子音乐类型。

他打开曲面玻璃，窗外是白沙滩上郁郁葱葱的枣椰林，远处则是潮起潮落的海滩。海鸥的叫声从四面传来，悠扬的旋律中蕴含着天空的广阔与大海的深沉。

那天晚上，他梦见自己翱翔在白沙滩的上空，俯瞰整个海岸线；而后，海岸线变成了郁郁葱葱的峡湾，又变成了烟雾缭绕的富士山……一切都在改变，令人捉摸不透。而不变的只有他自己，还有斜对面的另一个身影，长得也很像他自己。

罗黑，他想到。

“这一切，仿佛在对我说‘记住这个感觉，记住这个感觉’。”他指着眼前变幻莫测的景象，对另一个罗黑说道。

另一个罗黑沉默不语。

“我知道，你是我的缪斯，是我的信使，是我的源泉，是我的罗黑。”他又说。

另一个罗黑依旧沉默。

不过，他没有很在意那个罗黑到底会说什么，因为他已经明白他究竟要做什么——他要用文字，把这一切都写下来，他要在现实生活中通过这本作品，寻找未来的缪斯。他尝试各种媒介和方式，到头来，还是回归起点，用最朴素却最具有想象空间的形式，写下这些感觉，写下这些经历，写下这一切。

文字，是把自己的控制权交出去，是把自我的身份他者化，是通过放弃去拥抱更大的可能性。

当然，还有音乐。罗黑联系了晨旭，和他说了整个计划，晨旭表示很有兴趣。于是他们合作，给每一个文字构成的章节配上了音乐。

1000 个读者，将看到 1000 个罗黑，听到 1000 个罗黑的心声。他们将带着他们心中构建的全新的罗黑，走向未来，最终成为“一”的祖先。也正是通过这样的方式，罗黑寻觅着来自未来的缪斯。

作品诞生，作者已死。

而我也决定留下来。我没法再和你们一起回到“一”的身边了，我太投入了，以至于我到那时候才发现，我已经全然不是观察者了。我除了罗黑这条时间线的短暂的段落之外，我早已经看不到其他的人、其他的时间线，看不到过去，也看不到未来。

我决定留下来，也是因为我觉得我得知了真相，或许这就是“一”在苦苦寻找的答案，但我没有办法将其告诉你们，你们也不要告诉我我之后会发生什么。因为当你们这么做的时候，你们也将不再是观察者，你们的自由维度会坍缩，你们也将身陷大地，再也看不到世界的全貌。

横看成岭侧成峰，远近高低各不同。不识庐山真面目，只缘身在此山中。

21 泡泡的返航

其他泡泡和砍告别后，回到了“一”的身边。更多的成百上千的泡泡们也陆陆续续回归了。

在截止时间点之前，98% 的泡泡已经就位。然而，还有大约 2% 的泡泡没有回归——他们选择留在过去，留在那些世界，成为那些世界的一部分。他们与历史共鸣，和世事羁绊——有的通过极度理性的数学推理，有的经由通灵对话，有的通过诗歌与艺术，有的借助冥想，而砍则通过梦境。

“一”还没有现身，于是等待之余，泡泡聚在一起，交流着各自的见闻，当然其中夹杂着大量的猜测，关于大崩溃，关于“一”本身，关于泡泡们自己。

有传言说，其实“一”在派泡泡大军出发前就已经预料到了结局——那些没有回来的泡泡，正是大崩溃的原因。他们留在那个世界，影响了过去，创造了全新的历史，最终导致这个世界的“一”的消亡。

那么“一”为什么要这么做呢？泡泡氙思考着。

或许是“一”已经看到了结局，崩溃不见得是坏事，它只是在那里，静静等着你。

或许崩溃本身就是答案，“一”猜到了这一点，他准备好了，他需要完成自己的使命，于是毅然决然下令泡泡们逆着时间远航。

或许，“一”发现更大意义上的融合共生正在发生。这种共生打破了自我的执念，“一”选择了通过消弭自身的方式达到这种忘我的境界。这一种融合共生，无时无刻不在发生——泡泡硋放弃了作为观察者的身份，放弃了那全知全能的神性，留在了过去的时空。罗黑决定写书，通过写书的方式，他创造了读者，而读者创造了新的罗黑，罗黑通过这样的方式，移交了他的主动性，放下了原本的那个自我；还有他观察的那个咖啡豆种植园的故事《12 个单词》，富豪戴维最终想通了，既然要再生，何必在意过去自己的身份数据？再进一步，既然已经经历整个人生，何必再重生一次？戴维最终选择自然地因病而逝，这对他才是更大意义上对生命的拥抱。甚至，这样的领悟完全不需要刻骨铭心，不需要如临大敌一般地来回斟酌，这样的领悟往往只需要转念一瞬，那种细致入微的感觉。

既然时间本身就不存在，崩溃不过是不再顽固地死守“时间单向性”的陈旧理论。意义的创造，本就需要否定意义自身，真相只可意会不可言传，是为元。

就像是停机问题[1]，就像是自指性问题[2]。不可知的边界，只是因为自我的存在。真相不可道，传达出来的，已经不再是真相，这正是硋失去观察者身份

1　停机问题是逻辑数学中可计算性理论的一个问题。通俗地说，停机问题就是判断任意一个程序是否能在有限的时间之内结束运行的问题。

2　在自然语言和形式语言中，如果一个句子直接或间接提及自身，就称为自指（self-reference）。

的原因，也是破忠告其他泡泡们不要告知他自身信息的原因。

这时候，“一”出现了，所有的泡泡如同飞蛾扑火一般拥去，眨眼间再次成为“一”的一部分。“一”究竟怎么想的，那些泡泡们永远不会知道了。

2 罗黑的暂别

到这里，故事就差不多结尾了，于是我又出现了。

哈哈，我的读者，再次向你问好！

正如你所见，此刻的你还在看我写的书。实际上，你已经成为我的信使——你看到了罗黑，看到了泡泡们，看到了“一”，看到了各个不同的角色，你已经感受到了他们，拥有了他们，再次创造了他们。

你会带着你所创造的我，踏上崭新的征程，开辟全然不同的未来。就像砭留在了我身边一样，我也留在了你身边。缪斯潜藏在波谲云诡的未来，当时机成熟，你自然会发现她。

凡是过去，皆为序章。

这是你的使命。

加油，祝好运！

我们会再相见的。

画卷之外

电子乐与建筑师

我很喜欢音乐，从小就学了电子琴、吉他、架子鼓，长大后玩了一堆MIDI控制器和合成器，因此自许为音乐人。

我也学画画，素描、水粉、电脑设计，遗憾的是没有认真学过书法和国画，小时候的自己领略不到这些意蕴之中的美感，可能现在略有所感，但终究十分浅薄。

我在审美上很现代，或者很后现代，至少对古典的事物没有那么感兴趣，无论是中国古代的笔墨神韵，还是西方古典的精灵与炼金术，它们犹如一匹匹漂亮的马，我会欣赏它们，但最终无法在心灵深处形成联结。

我出生在地板上，泥土于我而言是绝佳的玩具。艺术与科技给我带来的感受是一致的——这是一种张弛有度的美感，如同流水一般填满我思维的每一处沟壑，它们是浑然一体的。

我很早就直面虚无的问题，很大程度上是因为我一直保留着一颗极强的好奇心，又对感受和观察有着天然的敏感性。好奇意味着你得抽丝剥茧、顺藤摸瓜，意味着你总是在顺着万物的肌理寻找缘由。于是，我很早就找到了那个无可被追寻缘由的起点，那个本初的“为何”。

有些音乐好听，新奇，让人共振；有些则马马虎虎，只是单纯悦耳，图一乐。绘画与建筑也一样。黑格尔曾经总结道：“音乐是流动的建筑，建筑是凝固的音乐。”因此，我特地找了有建筑背景的朋友，在架构全篇内容的同时，进行了很多探讨。有些音乐会格外打动我，虽然它们不一定非得是悦耳的，但它们都触达了那个无可被诠释的“为何”——创作者的动机，经由听众的再加工，形成一种杂糅的再创造。

我很喜欢电子乐，最偏好的是那种相对平和、柔美的电子乐，尤其是那些用电子节奏和音序器的方式来进行演绎的钢琴和风琴的音色。电子驰放就像我生活的染色剂，给我的心境带来了一个个不同的滤镜组。Trance 音乐中的某一些分支我也很喜欢，这些重复律动的呆板机械化节奏让我感受到了一种更大的美妙——这是一种对身体的欺骗，人体中随着进化而来的计时细胞可以保证重要器官的有序运行，但同时会陶醉在音乐这种节律信号的刺激之中。也有一小部分的 Techno 音乐让我体会到同样的美感，以至于我一直对底特律这个发源了 Techno 音乐的锈带城市充满了遐想（也归功于游戏《底特律：变人》）。虽然我大概率不会怀着朝圣的心态前往这座城市，甚至我一生也不会踏上那片土地，因为我所需要的，只是头脑中那个再度加工后的想象——那个有着工业打桩机节奏的，有着游戏 *Inside* 和《地狱边境》（*Limbo*）意境的虚构的城市。

小时候，我自己干过这样的傻事——我幻想了一个加州，但我去了加州后，梦境破碎。当然，我并没有对美国有什么崇拜之情，我很喜欢自己的国家，我长居杭州，杭州这座城市的不少气质也很打动我。实际上，我需要的只是一片心灵的伊甸园，一片独属于我自己的净土，里面有流水一般流动的灵魂。电子乐则是这个神圣空间的建筑师。

我也格外喜欢发电站乐队（Kraftwerk）的音乐，这种根源电子元老的作品让我紧密联想起包豪斯，联想起马赛公寓，联想起有些复古的、带着些 retro 色彩的未来主义建筑，联想起小时候上兴趣班时频繁穿梭的海宁市青少年宫——这是建筑大师王澍的处女作，虽然小时候的我的确对整个青少年宫建筑的舒适度颇有不满。

自然界有各种各样的声音，如果我们一股脑儿地把同一时间下世界范围内所有可听的声音堆在一块儿，整体的频谱会接近褐噪音——和在森林中的频谱曲线近似。这是一种连接大地的噪音。和弦是不同频率基波与谐波组合的炼金术。十二平均律[1]作为当今最主流的音乐律式，其自身便是一种有损的巧合——十二平均律实际上并非在数学上是完美的，不同音程之间的音分距离最佳共鸣位置还稍稍有相差，却能够让音阶上下循环连续，这就打开了无穷无尽的音乐创作和演绎的自由度。音乐是对生活的模仿，自无可言说意义的本初中诞生，终将湮灭于新的本初，其他的艺术是如此，科学和技术进步是如此，思潮演变也是如此。美感诞生于如这一般的有损的巧合。

本书的音乐，是由我和几个音乐人朋友联合创作的，这是我莫大的荣幸，也是我对自己心灵的建筑师的致敬。我也希望能够配合故事内容，在音乐中埋藏一些自己的小心思——我很想尝试一种带着科幻风格的热带浩室电子乐（Sci-Fi Tropical House），这里面带着有科技感的，自由懒散的，有着椰香味的热带节拍，用作扎拉、夸莉和罗黑的海滩主题。

道可道，非常道，本初之“为何”，说不清道不明，在可知与不可知的分界线上，涌现出分形的破碎美感。我很早便意识到我此生要做一个艺术家，只

1　将一个八度平均分成十二等份，每等分称为半音，音高八度音指的是频率乘上二倍。八度音的频率分为十二等分，即是分为十二项的等比数列，也就是每个音的频率为前一个音的 2 的 12 次方根。

是我后来才坚定不移地认识到两个事情：

第一，艺术家是自我加冕的，艺术的定义也是自己给出的。甚至我只是借用一下“艺术”这个词罢了。我所需要的，仅仅是对自我百分百的信任。

第二，艺术对我而言，是第一件事，也是最后一件事。这是一个区间范围，中间想放什么就放什么，因为这正是定义艺术和我本身的东西。在这之前和之后，则如同迪士尼的电影《心灵奇旅》（*Soul*）中所描绘的，是“生之来处（the great before）”和“生之彼岸（the great beyond）”。

对我而言，探索、发展、追寻、好奇的动机很底层，但却不是最根本的。本初之“为何”值得日复一日、年复一年地来回擦写（paint and repaint）。

致敬所有在这个系列中付出努力的写作人、插画人、音乐人。

李晨啸

成为自己

我们可以成为任何一个人，我们也可以成为自己

当泡泡们重新聚集的时候，总是会让我想到柏拉图口中的“衔尾蛇”，“它虽然拥有无上的心灵与智慧，但它对移动的概念却相当模糊，因为它只在同一个位置上存在，所以它的移动轨迹有如圆球；可是随着它本身的局限，它只能不停地环状旋转着”。

我们不仅仅能在睡梦当中，在大脑的构想里大放异彩，在清醒白昼间，我们也活在了高度沉浸式 Metaverse 里，除了衣食住行最基本的生存技能，我们的感官绝大多数时间无不被虚拟事物所调动和刺激。相比于睡觉，我们在真实生活中只是多了些许动物行为，而大脑仿佛已经质押给第三方。

虚实进一步被打破，是否真的存在“某一天”？对于我们而言，被虚拟与算法裹挟的白日做梦也许才是常态。或许在睡眠中的梦境里，我们才有可能回归现实的生活？这不由得让我想起，尼采笔下的“骆驼、狮子、孩童”的三种人生状态。

○ 骆驼：代表一种人类传承、压制、培训。

○ 狮子：代表一种自信、冷静，但却不知道强大的来源。

○ 孩童：代表一种身心的全新的起点。

是否在未来的某个分岔路口，存在一种更加机械统计的人生状态？在沉浸式媒介里，算法不断压缩着人生经验，投喂着每个人的大脑。不需要压制着人性去培训他人，只是大部分人都沉浸在这份信息填充的快感里。当人们准备面对社会时，我们早已在沉浸式世界里，多次体验过他人的人生，而每个人生的大数据会有详尽的统计结果。对于人们而言，如果不再需要相当程度上的试错和叛逆，也就不需要诞生那份“狮子”般的自信，而是一种明白规则后的高高在上的冷漠。

换句话说，想获得一份能够符合身份生存下去的规则，在即将到来的时代也许再容易不过。也正因如此，越容易建立起人生大数据备份与思想映射，越容易让我们成为另外任何一个人。反过来思考，也是因为存在这个超载的信息时代，每个人从无到有到悟的过程可以被更快地催化，更快找到那个“众里寻他千百度，蓦然回首，那人却在灯火阑珊处”的自己。正如书中泡泡，还有那个不停旋转的衔尾蛇。

如何回归到超人的状态呢？我们需要探讨下一个时代承载我们的媒介是什么？在此之前，我们首先要理解媒介是什么，以及媒介是如何传播的？

媒介是感官延伸，媒介即信息

“任何创造人体和感官延伸的技术，从衣服到电脑，都是媒介，而媒介即信息。热媒介受众的参与度低，要求观众补充的东西也不多。冷媒介要求受众的参与度却是高的。比如，照片是高清晰度，是热的。相反，卡通是低清晰度，是冷的，因为几笔勾勒的粗线条提供的信息很少，它要求观者自己去填充或完成图像。”

——麦克卢汉

进入元宇宙，我们进入一种更加高密度的媒介之中，一方面，信息的清晰度越来越高；另外一方面，参与度不仅仅限于想象。我们可以通过信息输入，与虚拟场景进行交互，去实际改变某款开放场景的走向。这是一种未曾被分类在冷热定义之中的媒介，既拥有高清感，也具备高度参与感；不像是电影，往往有设定好的结局，更像是现实与虚拟世界的一种映射。

该媒介让我们沉浸在世界范围内的信息流动的“池子”里，同时所有的深度参与都是带有瞬时性质的。这不是一种信息的集体化，而是先完成人与机器的交互，然后才是与他人异步交互。这种媒介对于器官、感官或功能是一种全新的强化，而大脑是身体最大的器官，也是最大的与其他感官异步交互的翻译器。

我们的大脑总是不断欺骗着自己。“文明人特有的毛病或许可以描述为他的大脑——具体地说，大脑皮层——和身体其余部分之间的阻塞或分裂。”

——《心之道》

大脑中枢神经系统与该媒介发生的共振，似乎都要在受到影响的区域实行更加强烈的自我保护的麻痹机制，使它麻醉，使它不知道正在发生的东西。人类把新技术的心理和社会影响维持在无意的水平，就像鱼对水的存在浑然不觉一样。同时科技的发展，一方面总是带来进化，使时代进入到更高能量态上的无序性；另外一方面，总是会出现更广泛的约束，为了将系统保持一定程度上的熵减。因此，我们越来越无法摆脱这样的错觉，即认为如何使用媒介才是最重要的，而不是它对我们做了什么以及它与我们在一起。

现当代科技迭代的频率越来越快，我们作为90后群体，在短短的时间内实现了从文字、广播、电视、PC、移动设备到沉浸式设备的跨越式体验。越来越实时的体验，让我们在对于产品的使用体感上，表现出更多时间上的拥有感，而非过去对于实体物品在空间上的占有感。甚至在未来直接通过脑机接口接收信息，这是一种大脑层面上的满足，而非把人作为完整的个体，是一种主谓宾的替换，人们正逐渐成为技术延伸的一个终端。从技术角度来看，人类的不确定性是必要的冷数据，而人作为互联网或者设备的感官，无时无刻不为这个网络提供实时的热数据。

“百度之搜索，腾讯之社交，阿里之电商，本质上都是一种信息分发方式。”

——张一鸣

沉浸式媒介信息的诞生，伴随着全新分发方式，这是一个算法“赋予”的时代，一个网络“分泌”的信息激素时代。我们更像是一个网络整体之中的一个感官细胞而已，无时无刻不在被外界的片段资讯所刺激，停不下来地去参与网络社会集体无意识的构建。我们大踏步地走向作为“章鱼分布神经大网络”中的单个神经元（神经递质）。目前，互联网产生的数量级大约在10的25～26次方，而地球生命基因数据是10的29次方。我们在向全新的未来发起进一步的冲刺，也许有一天会孕育出全新的、超然的生命体，当然我们也要习惯与其共存，这个被可视化的阿赖耶识[1]。

这只是作者与读者口中，对下一个时代的载体产生的不够成熟的思考。当

1　佛学中的八识，前五识——眼识、耳识、鼻识、舌识、身识；第六识——意识；第七识——末那识（自我）；第八识——阿赖耶识（宇宙/社会集体无意识）。

我们认知到，也许在未来的某一天，个体需要与未来网络集体无意识共存识，我们该如何找到自我定位？如何与这个社会共存？

新机器时代与人性

媒介的变迁，对于我们的感官而言，是一种全新能量态上的跃迁。信息输入的频率不断变高，输入数据的密度也在不断增大，但作为我们每个人而言，佛学前五识的处理效率在千百年来基本没有太多变化。以耳朵为例，每秒的信息处理效率大概为 mb 量级。科技发展的曲线越来越陡峭，和我们个人物理 / 生物基础的平缓发展形成反差。

90 后，跨越了几个媒介时代，生理上的基础设施无法快速适应变换，因此很多人出现了自我定位难处，也出现了所谓的信息焦虑。我们需要花更多的时间去处理过剩的讯息（他人的人生道理），而不是去体验更多属于自己的人生。

00 后们一出生就被电子信息营造的部落环境所环绕，语言文字主导的教育价值观还是主流。游戏化的、通感的一切本是他们感受到的水，却被告知这其实不是你该游泳的地方，

我们还没有从推荐算法里的过剩供给走出来，却要直接进入到 metaverse 更加沉浸式的时代里了。正如我们过去需要体验人生，到算法时代只需要去读懂他人人生，但到了下一个时代，我们即将可以直接、快速地体验到他人的人生了。换个视角，从小成长在这样环境里的新一代，怎么可能不比当下大多数人成熟呢？这是被极致压缩的高效时代，成长在一个新机器时代下，有着如拷贝粘贴的一丝不苟的比特感。

“通常伟大的创新，是当你认识到自己的基本观点是有问题的。”

这是创新创业当中，经常提到的“非共识”。大部分的认知，或者我们的观点，都是一定程度上的偏见。因为每个人的大脑总是在不自觉中偏好“好听的话”，

也是我们在第六识和第七识中默许的操作。大脑最不愿承认自己是失败的，并不断寻找自我存在的合理性，它这样做的动力甚至不亚于对生存的追求。

在全新的机器时代，分发算法、媒介信息无不强化着的大脑的饥渴感和满足感，不由得让我想到叔本华的“钟摆理论”。新机器时代让我们每个人在欲望和无聊之间快速摇摆，一方面，快速满足我们对信息欲望的需求，降低面对不确定的恐惧感；另外一方面，在满足欲望之后的无聊时间里，又通过新的参与式媒介，如短视频、游戏等，让人们在深度参与的同时，设定了新的欲望目标，如此反复。当摇摆得足够快，我们也许就没有时间觉察到忧伤。为什么越来越多人失眠？也许只是因为我们在即将入睡的时候，必须要放下那个可以带给我们充足多巴胺的设备。

布雷斯悖论（Braess's paradox）是1968年由德国数学家迪特里希·布雷斯提出的一个悖论，它是指在一个交通网络上增加一条路段反而使网络上的旅行时间增加；这一附加路段不但没有减少交通延滞，反而降低了整个交通网络的服务水准。

正如布雷斯悖论中的思考，我们的大脑不能在局部最优解中度过一生，就像我们作为一个人，不可能只在一个桥梁上体验自己的一生。反过来想，一个全新的桥梁，它连接起来的起点和终点究竟是在哪里呢？这不是一个新的现实世界，而是提供给我们一种在虚实时空中跃迁的能力。在这里，我们可以超越时间、空间，来完成以前不敢想象的创造。Metaverse带来了人生量变到质变更好的入口，让我们能够快速地体验人生，正如文章中泡泡的回溯，也许我们可以在这样的一个世界里，发现属于自己的“龙场”去悟道，去觉知佛家中的阿赖耶识，也就是王阳明先生口中的“天理不在无心之外”。

最后引用的是我最喜欢的《死亡诗社》中的结尾，希望每个人都找到属于自己的诗篇。

“What will your verse be? ”

“We don’t read and write poetry because it’s cute. We read and write poetry because we are members of the human race. And the human race is filled with passion. And medicine, law, business, engineering, these are noble pursuits and necessary to sustain life. But poetry, beauty, romance, love, these are what we stay alive for.”

“To quote from Whitman,O me! O life! of the questions of these recurring; of the endless trains of the faithless… of cities filled with the foolish; what good amid these, O me, O life? ”

“Answer. That you are here—that life exists, and identity;that the powerful play goes on and you may contribute a verse.That the powerful play goes on and you may contribute a verse.What will your verse be?”

“你的诗篇将是什么？”

“我们读诗、写诗并不是因为它们好玩，而是因为我们是人类的一分子，而人类是充满激情的。没错，医学、法律、商业、工程，这些都是崇高的追求，足以支撑人的一生。但诗歌、美丽、浪漫、爱情，这些才是我们活着的意义。”

“引用惠特曼的诗《啊，自我！啊，生命！》：‘啊，自我！啊，生命！这个问题不断涌入我的脑海。毫无信仰的人群川流不息；繁华的城市却充斥着愚昧；这样又有什么好处？啊，自我，啊，生命？’”

“答案是：因为此刻、你在此地——皆为生命之存在、其意之昭然；因为这伟大的戏剧不断前进，因为你可以献上一首诗。伟大的剧本仍在继续，而你可以奉献一段诗篇，你的诗是什么？”

徐律涛

保持探索和求知欲

大约 10 年前，那时候大多数人还在使用带有键盘的手机，玩着手机自带的贪吃蛇小游戏，打打电话、发发短信，那是一个手机全部能做的事情。彼时的互联网世界，更多地展现在桌面端：随处可见各大厂商搭建的信息门户网站，是获取信息最快速的渠道；天涯论坛、百度贴吧是兴趣交流、意见交换的流行平台；博客成为炙手可热的数字内容生产工具，每个人都可以写下自己的故事。然而，这一切在移动终端的普及下发生了翻天覆地的变化，移动互联网给互联网注入了新的生机，创造了无以计数的机会，越来越强大的硬件也让产品需求越来越细致、产品展现越来越多元，随之而来的还有一系列新潮的技术，大数据、云计算、人工智能等等支撑起了当下的互联网生活。

1992 年，尼尔·斯蒂芬森在《雪崩》中描绘了一个平行于现实世界的虚拟世界，并把它命名为 Metaverse，现实生活中的人都有一个在那个世界里的分身。近年来，“元宇宙”这一词语越来越频繁地进入公众的视野。受制于时下的技术发展，很多对元宇宙的描绘仅仅体现在虚拟现实这一技术层面上，更有不少认知将其完全等同，其实不然。引用数字资产研究院学术与技术委员会主任朱嘉明教授的描述，元宇宙的内涵是吸纳了信息革命、互联网革命、人工智能革命，以及虚拟现实（VR）、增强现实（AR）、混合现实（MR），特别是游戏引擎在内的虚拟现实技术革命的成果，向人类展现出构建与传统物理世界平行的全息数字世界的可能性；引发了信息科学、量子科学，数学和生命科学的互动，改变科学范式；推动了传统的哲学、社会学甚至人文科学体系的突破；囊括了所有的数字技术，包括区块链技术成就；丰富了数字经济转型模式，融合 DeFi、IPFS、NFT 等数字金融成果。其中的种种技术都如同当下的大数据、云计算、人工智能一样，将会是元宇宙蓬勃发展不可或缺的一部分。陌生名词的出现自然会带来一种疏离感，此作的目的也是尽可能地通过描绘故事的方式讲述这些新名词，为探索元宇宙保驾护航。

1999 年，全球最大的分布式计算项目 SETI@home 开始正式运行，这是一项利用互联网上计算机的闲置计算能力搜索地外文明的工程，目的是进行有实际价值的科学工作，以及验证“志愿计算”的可行性。直到 2020 年该项目停止，它已经累积了超过 200 万年的 CPU 运行时间，处理了超过 13 亿个数据单元。虽然该项目没有完成寻找外星文明的主要目标，但其无疑是一个非常成功的分布式计算试验项目。站在当下这一时间点，元宇宙或许也将因其采用的区块链相关技术成为一个人人参与计算的系统，新兴的互联网世界亦是人类对自身文明与数字技术的全新认知。

当下的我们就好像 10 年前一样，站在数字时代的交接点上，移动互联网的发展令人叹为观止，元宇宙的时代仍留待探索。当然，以我们的能力无法详述所有新兴的科学进步、技术成果，我们不过是一帮乐于分享的元宇宙时代粉丝。但是，面对新的数字时代，以及更多的科学技术，保持求知欲和探索欲是一件很幸福的事。

Go, wondrous creature!
Mount where science guides;
Go measure earth, weigh air, and state the tides;
Instruct the planets in what orbs to run,
Correct old time, and regulate the sun.

——*Essay on Man*, Alexander Pope

去吧，奇妙的生物！
科学领路到哪里，就在哪里攀登不息；
去丈量大地，称量空气，记录潮汐；
去指示行星在哪一条轨道上奔跑；
去纠正老皇历，太阳遵从你的规律。

——《论人》，亚历山大·蒲柏

陈宇剀

我眼中的晨啸

认识晨啸近 6 个年头了。还记得刚入大学的小李是个大男孩，高高瘦瘦的，步履总是匆匆的，语速也是快快的，说话时总带着略显羞涩但很阳光的笑，笑起来的眼睛更是眯成一条缝。这应该是新生见面会上，晨啸在自我介绍时给我留下的初印象。接着，他被任命为班级生活委员。说实话，他的档案里写着丰富的兴趣爱好，文艺委员似乎更合适他。当然，这也许是孩子们当初自己的想法。作为班主任的我非常尊重学生们这种自我管理的能力，尤其是像晨啸这样永远有梦想、永远走在大路上的孩子。

晨啸可以说是与我接触最多的学生之一，他总会在课外找时间与我进行讨论。记得在大一的某一天，晨啸约我聊了很长一段时间，谈了他许多稀奇古怪的想法——音乐 + 人工智能 + 运动 + 艺术，即把跑步的节奏合成各种美妙的独一无二的音乐。这个创意的确让人颇为兴奋，我所教的策略传播学系需要的就是这种有着天马行空的想法的人。但他毕竟是文科生，我不怀疑他的创意完备与否，倒有点担心技术方面可否实现。令我惊喜的是，他不久就整合了一个小团队，把创意变成了一个 APP 作品——Step Beats，一个有关运动创作的音乐人工智能平台。这个作品在 2017 年 9 月第三届中国“互联网 +”大学生创新创业大赛中荣获金奖，本人也很荣幸成为该项目的指导老师之一。他还因此受到苹果公司的邀请，参加了 2018 年苹果全球开发者大会（WWDC2018），并与库克交流。他的 Step Beats APP 登上了苹果应用商店的首页，他的创业故事也登上了苹果的官方微信公众号。获奖后的他更是一发不可收，成为浙大第一个在大二就担任创业公司 CEO 并获得 150 万元天使投资的学生。他给自己的公司取名为“不亦乐乎”，这似乎也是他的一种价值追求，在创意中快乐，在快乐中创意。他总能将自身的快乐与社会责任联系在一起，他希望通过自己的行动让世界变得更美好。比如他的“先锋慈善”理念、“黑板报奖学金”计划，“黑板报奖学金”是一个支持艺术和创造的奖学金。2018 年 7 月 15 日他在微信中向我表达了关于设立奖学金的想法，其中有一段话让我特别感动，他说:“通过‘黑板报’，我们可以认真地思考人与环境如何‘交互’，我认为这样的思维启蒙非常有意义。让更年轻的人从小就认识到他对这个世界很重要，真正将自己当作‘国之重器’来培养，通过大胆的创新突破现有的行为模式，推动科技、文化、社会一同向前进。”为了自己的梦想，为了时代赋予的使命，他永远步履匆匆，走在梦想的大道上。翻看我俩之间的微信聊天记录，有两大类内容：一是他又有新创意了，一是向我报告各种喜讯。他总是很谦虚地向我请教，但在这之中我更多的是享受这种分享，一种持续被感动并为之快乐的分享。

2018 年 8 月，我受委托主持策划“海外学子走进古村落”项目。其中有一个环节是参加世界青年大会，我推荐晨啸作为中国名校学子代表参加本次大会。晨啸在会上发表了关于“奋斗”的主旨演讲，他的演讲被多家媒体报道，获得了主办单位的高度赞扬。当夜他就给我发了一大段的活动感想，在他主持的浙大深夜电台中与学子们分享了“无奋斗不青春”的美好感想。一个高效的人总能坚定不移地走在自己设定的道路上，奋斗着、辛苦着并快乐着。

2018年11月，我受命策划首届中国城市品牌杭州高峰论坛。为了让会议的整体形象更有识别力和传播力，我组建了几个学生团队参与会议视觉识别系统（Vi）的设计，要求学生们设计一个既有中国特色元素，又有现代感的中国城市品牌高峰论坛标识，结果还是晨啸的方案高票胜出。晨啸团队的整个设计过程就是一个创意频出、思想不断碰撞出火花的过程，也是一个让思考更深入的过程。其间他曾发给我一段话，让我陷入无限的沉思，思考我们到底该如何培养学生？他说："我其实希望我们能够在人文和文艺的层面上真正异军突起，将很多真正有着我们传统特色但又极其超前的东西发展成无人能够超越的审美思潮。想象力！想象力！想象力！求是创新，我们需要有想象力的求是和人文温度的创新。"尽管他设计的方案受到大家好评，但是他自己对此还是不满意，觉得自己的审美受到了硅谷派思潮的间接影响，所以自己本质上还是一个"外来"审美思潮的"搬运工"，甚至苛刻地认为自己带着某种"犬儒"意味。他对自己的这种不留颜面的反思和解剖让我深受触动。改革开放40多年以来，西方的文化思潮对中国的影响日益加深，甚至深深地影响了某些年轻人的心理，相反本土的传统文化似乎日渐式微。我们希望当下的年轻人是贯通中西文化、能担当国之重任的后来者，那么我们的策略传播是否更需要去思考如何培养具有中西融通的文化理念、跨文化传播视野的战略家和实干家？我们策划的首届中国城市品牌杭州高峰论坛开得非常成功，诸多同行专家对我们的会议Vi赞不绝口，公认为最美设计，为论坛设计了全套Vi的晨啸自然功不可没。今天之所以在这里记下这一笔，一方面是想说晨啸是一个多才多艺、创意与思考并行的学子；另一方面是想说通过这一次身为教学组长的实践，我意识到关注学生的思考之重要，为师者如何解决学生之惑。传道授业解惑永无止境，但很多时候，师生完全可以互换角色，共同学习、共同成长，一起面对问题、解决问题的过程非常美妙。

虎年新年时，我收到了晨啸的新年礼物，是一个他自创的“虎虎迷宫NFT”（NFT指非同质化通证），由此了解他近期迷上了元宇宙。3月初春，他专门登门拜访，说正在策划出版一本有关元宇宙背景的科幻书，是文字故事+插画+音乐的多位一体的出版物，作者则来自全球各地，大家在一个社群里志趣相投，因此共同参与创作。在他给我勾画的宏大叙事中，我看到了一堆令人兴奋的新概念：Web3.0、虚拟货币、元宇宙、区块链、社群共创、数字遗产、人工智能、火星殖民、脑机接口、NFT等等。在元宇宙这一概念正轰轰烈烈的当下，的确需要有一本有趣好玩的指南来答疑解惑。不得不说，我自己就很需要这样一本指南。所以在晨啸盛邀我为本书写篇文字的时候，我也就不顾对新知识的无知和浅陋满口答应了下来。但当我写了一个开头，自己一读，发现我的文字与本书的文字完全不在一个频道上，好在我写的不是元宇宙的科幻前传，我写的完全是一段我与晨啸之间极其真实的故事，兴许能帮助各位看客更好地了解本书的发起人——李晨啸。

在“躺平”文化甚嚣尘上的今日，我们看到这样一群“90后”“00后”正在用他们的方式思考社会、探索人生、幻想元宇宙。这群人来自不同的国度，拥有不同的肤色，用不同的语言叙述着彼此能懂的故事，这样的社群众筹众创众赢，不正是一个跨文化传播的绝佳案例吗？不正是一个对人类命运共同体的绝佳实践吗？用大家都听得懂的故事来进行富有黏性的国际化传播，这不正是我们当下研究文化传播的学者的使命之一吗？没有想到的是，我与晨啸的故事会以这样的文字作为小结。

我甚是欣慰。

何春晖写于竹径茶语

2022年5月4日

图书在版编目（CIP）数据

元宇宙，然后呢？/李晨啸等著. -- 南京：江苏凤凰文艺出版社，2022.11

ISBN 978-7-5594-6955-7

Ⅰ. ①元… Ⅱ. ①李… Ⅲ. ①故事－作品集－中国－当代 Ⅳ. ① I247.81

中国版本图书馆 CIP 数据核字（2022）第 105978 号

元宇宙，然后呢？

李晨啸等 著

责任编辑 周颖若
策划编辑 王 薇 刘昭远
装帧设计 刘 哲
出版发行 江苏凤凰文艺出版社
南京市中央路 165 号，邮编：210009
网 址 http://www.jswenyi.com
印 刷 北京盛通印刷股份有限公司
开 本 690 毫米× 980 毫米 1/16
印 张 17
字 数 242 千字
版 次 2022 年 11 月第 1 版
印 次 2022 年 11 月第 1 次印刷
书 号 978-7-5594-6955-7
定 价 68.00 元